Roberto Saviano

Cuore puro

Quattro amici. Quattro destini.
Una sola passione

GIUNTI

Pubblicato nel 2012 con il titolo originale:
SUPER SANTOS

www.giunti.it

Via Bolognese 165 – 50139 Firenze – Italia
Via G.B. Pirelli 30 – 20124 Milano – Italia

Prima edizione: novembre 2022

Queste pagine sono dedicate a coloro che hanno ricevuto la grazia e la dannazione di crescere giocando per strada.
Quello che sulla vita conoscono è ancora tutto lì, tra il catrame e il pallone.

Premessa

Questo racconto, con il titolo *Super Santos*, è apparso per la prima volta nella raccolta *Il pallone è tondo* curata da Alessandro Leogrande e pubblicata dall'Ancora del Mediterraneo nel 2005. Nel 2011 è uscito per le edizioni del *Corriere della Sera* nella collana Inediti d'autore e nel 2012 Feltrinelli ne ha pubblicato una versione digitale nella collana Zoom. Negli anni, rileggendolo, mi sono reso conto che poteva dar vita a un'opera con un passo diverso, che i protagonisti meritavano di essere osservati da una distanza più ravvicinata, che una stretta messa a fuoco avrebbe restituito loro quella profondità di campo da cui non si può e non si deve mai prescindere quando si racconta una città come Napoli e le vicende che la riguardano.

Con questa nuova edizione ho voluto compiere un'escursione più ampia, nuotando sulla superficie della spensieratezza che quel pallone di gomma arancio fuoco trasmette e calandomi in profondità, nei fondali di certi luoghi partenopei dove troppo spesso la vita rimane incagliata.

I nomi dei personaggi sono inventati e, come in tutti i romanzi di fantasia, ogni riferimento a persone, luoghi e aziende realmente esistenti è del tutto casuale. Ma le vicende che hanno ispirato il racconto sono assolutamente vere. Vera è la realtà che ha prodotto tutto questo.

CUORE PURO

È una regola eterna. Immutabile. Bisognerebbe riuscire a trovarle una formula matematica. O quantomeno una riduzione numerica, una frase aritmetica, un tentativo di proporzione, un delirio logaritmico. Insomma, qualcosa che ne dimostri l'assoluta scientificità. Si dovrebbe individuare una traccia formale per comprendere le leggi ineluttabili e perenni che regolano le partite del calcio di strada. Il più in carne va in porta, quello smilzo e veloce avanti, l'armadio va in difesa e chi resta a centrocampo. Lì possono andarci tutti: quelli che non hanno i piedi buoni ma sanno lanciare, quelli che sanno correre veloce ma hanno il fiato corto, quelli muscolosi ma non abbastanza piantati. A centrocampo, per farla breve, vanno messi quelli che sanno fare tutto a metà.

Ora, però, rispetto a qualche anno fa sono state ammesse delle varianti. Quando ero ragazzino i portieri erano i peggiori. E la porta era una punizione tra le più umilianti. Un posto dove vedere la partita da lontano e ricevere dolorose pallonate in faccia che ti segnavano il viso di rosso e di viola, con sfumature più o meno cangianti, per settimane. Un ruolo che ti costringeva a raccogliere la colpa del gol subìto ed essere escluso dagli abbracci del gol realizzato. Più che un giocatore, il portiere era un raccattapalle mobile. Un ruolo terribile. Spesso il posto del portiere era sopportato a turno, ma quando non si trovava nessuno da relegare in porta, da soggiogare nelle retrovie, quando insomma tutti i giocatori erano capaci di tener testa, allora si giocava a "porta americana". Senza portiere. Due squadre si fronteggiavano cercando di segnare in un'unica porta con nessuno a difenderla: a turno, la squadra difendeva o attaccava, alternandosi nei ruoli dopo ogni gol.

Non mi è chiaro perché questa versione del gioco fosse chiamata "all'americana". Una volta ero in macchina con un gruppo di ragazzi ubriachi, tornavamo da una festa e questi aprirono le quattro portiere dell'auto mentre correvano su una strada sterrata urlando: «Andiamo all'americana!». A Maddaloni, vicino a Caserta, c'è una pizzeria che serve pizze all'americana: su un piccolo treppiedi messo al centro del tavolo arrivano enormi ruote fumanti coperte dei più svariati condimenti. Enormi, esagerate, "all'americana" appunto. Tutto quello che è strano e insensato, o forse semplicemente fuori dal comune, come giocare senza portiere, mangiare una gigantesca pizza con sopra di tutto, o rischiare da idioti un incidente mortale, è "americano".

Oggi i portieri sono stati rivalutati. Ora sono campioni, hanno donne bellissime, vincono Palloni d'Oro, hanno un ruolo decisivo, la loro non è una condizione dettata dall'assenza di altri talenti. Così molti ragazzini scelgono di fare il portiere. I più in carne della squadra non si sentono esiliati nelle retrovie, piuttosto sono dei prescelti: la loro nomina è solenne e l'incarico delicatissimo. Devono difendere l'ultimo baluardo.

Nel centro storico di Napoli, poi, le scelte sono spesso una conseguenza diretta di ciò che accade nel campionato. Quando nel Milan di Ancelotti c'era Dida, i ragazzini neri finivano sistematicamente in porta; quando al Napoli arrivò Koulibaly il loro destino era di essere messi in difesa, e da quando è arrivato Osimhen, se oltre ad avere la pelle scura sono anche smilzi, allora vengono piazzati in attacco. Un po' come quei ragazzi che venivano dall'Argentina e godevano di assoluta fiducia nelle loro capacità sportive grazie a Maradona. Dopo la crisi che nel 2001 aveva prosciugato i risparmi della piccola e media borghesia nel Paese sudamericano, sbarcarono a Napoli molti argentini i cui antenati erano partiti cent'anni prima dal Golfo. Così i nipoti, dopo aver implorato nelle ambasciate italiane il passaporto di ritorno che gli avi avrebbero strappato volentieri, finivano per abitare di nuovo nei loro quartieri di origine. Un percorso inverso che i loro progenitori mai avrebbero immaginato di dover fare. Ragazzi dai cognomi italiani e nomi latinoamericani tornavano a giocare per i vicoli dei loro trisavoli, a battere calci d'angolo sui piedi delle statue come i loro bisnonni. A questi ragazzini il solo provenire dalla terra di Maradona, il solo avere una cadenza simile a quella del Pibe de Oro bastava per ottenere subito un carisma infinito e una patente di bravura. Anche se erano incapaci e brocchi.

Se l'assegnazione dei ruoli è una scienza quasi esatta, il tocco – così al Sud chiamiamo la conta che avviene tra i due capisquadra per scegliere i giocatori – è un vero laboratorio antropologico. I capisquadra sono i più bulli, non sempre i più bravi. Anzi, quasi mai lo sono. Ma sanno rovinare le caviglie con scivolate violente, dare testate mirando al naso, sputare con una mira da cecchino beccando sempre la pupilla ben aperta. Sono quelli che sanno farla pagare a chi buca il pallone o lo spedisce dietro una cancellata. Ma nel tocco non c'è abilità o bravura. Il tocco, che vede coinvolti i due capisquadra, è determinato dall'arbitrio di dita lanciate davanti alle pance: solo caso e fortuna. Chi, fra i due capitani, la spunta, ha diritto a scegliere i propri giocatori, uno alla volta, mentre loro aspettano impotenti, asserviti alle logiche dell'alea. In genere il primo a essere scelto è l'attaccante di talento. Se però la squadra inizia a comporsi di brocchi, quella prima scelta diventa una condanna che non lascia alcuna speranza di vittoria. Allora spesso accade che mentre si compone la squadra, che può essere di tre, quattro, cinque o sei persone, il giocatore più forte si accorge chiaramente che il tocco gli è andato storto e il caposquadra sta pigliando gli scarti. Così non gli rimane che gettarsi a terra e piangere. Senza vergogna alcuna, perché la vergogna di piangere nasce solo quando prendi uno schiaffo, ma piangere contro l'esito sfortunato del tocco è l'unico modo per tentare di rimischiare le dita e cominciare da capo, e non c'è vergogna a protestare contro la cattiva sorte. Spesso le lacrime non portano a nulla, ma a volte può capitare che qualcuno rimescoli tutto e proponga di rifare le squadre, pur di porre fine a quell'insopportabile lagna.

Infine c'è da considerare il pallone. Il pallone è fondamentale. Il proprietario del pallone diviene il reggente assoluto delle scelte. Anche se è un giocatore mediocre può avere l'ultima parola, stravolgere il tocco e in molti casi, quando il gioco si fa sporco e ci sono troppi falli o rigori non dati, può prendere il pallone e andarsene via. Il pallone comprato con una colletta di monete è la garanzia per una partita migliore: legato a una sorta di azionariato popolare, conferisce a ogni azionista uguale potere decisionale.

A cavallo fra gli anni Ottanta e Novanta, il pallone meno costoso era il Super Tele: di plastica leggera, volava via ed era impossibile dargli direzione. Tirare di potenza il Super Tele significava perdere il pallone, condannarsi a scavalcare cancelli, correre per le campagne, farlo finire sotto un autobus.

Poi c'era lui, il Super Santos. Ai tempi, noi ragazzini non sapevamo che Super Santos e Super Tele venissero fuori dalla stessa fabbrica. A produrli era, ed è, l'azienda Mondo di Gallo d'Alba. A saperlo, ci saremmo certo domandati come fosse possibile che le stesse mani confezionassero un capolavoro come il Super Santos e uno sciocco giocattolo per bambini come il Super Tele. I ragazzini dicevano che il Super Tele era il "pallone delle femmine". Un pallone da "sette si schiaccia", il gioco simile alla pallavolo in cui giunti al settimo palleggio si cerca di schiacciare la palla contro una persona, tentando di colpirla e farle male il più possibile, così da eliminarla. Nel mio paese, che faticava a liberarsi di una radicata omofobia, qualsiasi gioco vedesse toccare la palla con le mani era considerato "da ricchione".

Il Super Santos non era un semplice pallone. Era *il* pallone. Una sfera arancione fuoco con le strisce nere, rigorosamente disallineate rispetto alle concavità impresse alla plastica, a formare figure geometriche. Resisteva a tutto. Teneva la traiettoria anche se tiravi delle bombe stratosferiche. Quando qualcuno immaginava un pallone, lo immaginava arancione, nero e con la scritta ripassata in giallo. Immaginava il Super Santos. Un pallone con la vera dignità di un pallone, a un prezzo incredibilmente economico – oscillava fra le due e le tremila lire – e con una resistenza fuori dal comune. Al Super Santos era associato uno stato d'animo. Quando ne spuntava uno significava scampagnata, partitella, fiatone, sudore, ginocchia sbucciate. Libertà. Il Super Santos diventava sintesi di tutto quello che volevi fare: divertirti, stare all'aria aperta, giocare, correre. Il Super Santos era un modo di concepire la vita, una promessa di felicità. E il sogno di tutti noi era di poter stare sempre con lui di fianco, sui piedi, averlo sempre a disposizione.

Quando ero ragazzino, per Pasquetta si andava a giocare a pallone alla Reggia di Caserta. Le statue diventavano pali, gli alberi porte, le siepi perimetro del campetto. Tutti contro tutti, centinaia di palloni volanti, di bordate contro ringhiere e persone, di partitelle, di storte, caviglie gonfie, slogature e ancora partite e partite ancora. I giardini divenivano un violento campo di battaglia di palloni, merende, birre e ancora palloni. Un guardiano giurava di averne recuperati la mattina dopo più di mille. Dappertutto. Persi, *schiattati*, sgonfiati, nascosti, affondati. Dopo alcuni anni, per la Pasquetta vietarono l'accesso alla Reggia di Caserta. Una decisione drastica per scongiurare i danni provocati dalle orde di giovani barbari.

Finivano ovunque, i Super Santos. Sui tetti, sui balconi, nelle scarpate, sugli alberi, dietro le cancellate, infilzati sulle ringhiere, in mezzo agli scogli, fusi e incollati ai tubi di scappamento delle auto. La regola anche lì era inflessibile, ossia: chi lancia il pallone fuori, lo recupera. E per recuperarlo, a volte ci volevano ore. Citofonare, farsi aprire il cancello – che non ti aprivano mai perché non ne potevano più delle pallonate – o arrampicarsi, scavalcare, avventurarsi a cercarlo in mezzo alla campagna. Se finiva in un giardino con delle rose o in una terra coltivata a carciofi, le spine lo graffiavano e si sgonfiava lentamente mentre ci giocavi. La parte maggiore dei Super Santos di città moriva perché qualche signora, quando il pallone finiva nel suo balcone o le sfondava la finestra di casa, lo afferrava e – spesso davanti ai ragazzini impietriti – compiva l'esecuzione squartandolo con un coltello da cucina. L'assassinio del Super Santos. Quando questo accadeva, la signora veniva odiata con ogni forza. Capitava talvolta che quelle donne giustamente incarognite venissero usate, a loro insaputa, come strumento di bullismo. Se il proprietario del pallone veniva individuato come la vittima di turno, poteva succedere che un Super Santos ormai agonizzante, sulla via dell'afflosciamento, non più latore di splendide partite, fosse lanciato di proposito nel balcone di una signora odiosa, così che il suo padrone, per riaverlo, era costretto a citofonarle prendendosi irripetibili insulti e asprissime lavate di capo. Quando poi la signora lanciava il pallone sventrato, ormai cadavere, giù dal balcone, si faceva sempre la stessa cosa: lo si apriva in due per ammirarne le budella che erano arancione fuoco e liscissime. Così ce lo si metteva in testa come una sorta di elmetto. Quando finiva sotto una macchina il Super Santos resisteva (a patto che non restasse incastrato sotto la marmitta rovente), i bus invece lo *schiattavano*. Se una moto lo prendeva in pieno, il motociclista non aveva speranza, era a terra. Le auto più grosse o i fuoristrada, invece, lo deformavano, ma poteva resistere ancora molte partite. C'erano persino gli esperti di Super Santos secondo cui il pallone rendeva meglio dopo un paio di settimane di gioco: quando era troppo nuovo e troppo gonfio andava "a vento".

Ci furono infinite imitazioni. E siccome alle origini del nome c'era probabilmente la squadra brasiliana, quella di Pelé, il Santos, chiamato per la sua imbattibilità Super Santos, alcune fabbriche che usavano plastica scadente per fare palloni produssero sfere arancioni dai loghi improbabili: Gran Brazil e Super San Paolo (la squadra rivale del Santos). Tutti più economici del Super Santos, ma senza la sua superficie porosa, senza quell'inebriante odore plasticoso, senza le canalette. Solo strisce nere stampate su una superficie liscia di plastica sottile. Il Champions fu l'imitazione più simile all'originale, senza però avvicinarsi affatto alla sua qualità di produzione. Poi arrivò il Pal Santos. Spuntarono l'S. Santos o Super S. Quando ti presentavi con una versione tarocca – "pezzotta", in napoletano – del Super Santos al campetto dovevi sempre giustificarti, dare una prova ai presenti che i negozi vicini avevano finito quello vero oppure che sulla spiaggia non ne vendevano più. Ma se sgamavano che avevi scelto deliberatamente una patetica imitazione, non avevi più diritto di giocare. Il pallone se lo prendevano, ma tu eri fuori.

Il Super Santos manteneva giocabilità anche nel tempo, quando pedate, tiri, parate, lentamente lo sgonfiavano. Potevi incontrare innumerevoli gruppi di ragazzini che si divertivano con Super

Santos sgonfi. La vera condanna a morte di ogni pallone non erano però né calci né il tempo, ma i cocci di bottiglia, quelli conficcati nel cemento fresco in cima ai muri di cinta per non farli scavalcare, gli spunzoni delle cancellate, ma anche i bordi in lamiera delle macchine incidentate che, parcheggiate, potevano fare da sponda a un tiro e squarciare il Super Santos. O le maledette spine delle piante grasse di giardini e terrazzi. Anche loro mietevano migliaia di vittime arancioni.

Quando avveniva l'irreparabile, tutti tentavano sempre di realizzare il grande sogno, l'operazione impossibile. Tutti conoscevano un cugino o un amico fraterno che ce l'aveva fatta. E tutti dicevano di aver assistito all'impresa in prima persona. L'impresa era quella di sciogliere con un accendino un po' di plastica intorno al foro sul pallone, coprire meticolosamente il foro, quindi fargli la "bucatura", come si dice per le ruote delle auto, cioè il rappezzo, portare il pallone dal gommista e farlo rigonfiare. Nessuno c'è mai riuscito. Una volta bucato, il Super Santos era finito, ma nessuno si rassegnava mai.

Il pallone più invidiato da tutti, però, era il Tango: quanto di più simile esistesse al pallone di cuoio, l'inarrivabile pallone di cuoio. Di gomma dura, era la perfetta imitazione del pallone disegnato per i Mondiali d'Argentina del 1978. Sembrava davvero di cuoio, ma era delicatissimo. Bastava che ti ci sedessi sopra o che finisse sotto la ruota di un'auto ferma per diventare ovale come un pallone da rugby. Bastava pressarlo un po' e si deformava subito.

La prima volta che vidi un Tango, era tutto sporco, ma lo presi e lo carezzai facendomi le mani nerissime. Non m'importava, volevo sentire sotto le dita quella carne di pallone. Immaginare almeno come poteva essere un vero pallone di cuoio. Perché quello di cuoio dovevi aspettare per averlo: era uguale a quello che vedevi rotolare sull'erba dello stadio San Paolo di Napoli. Ed era costosissimo. Quando per la comunione o per la cresima te ne regalavano uno, lo tenevi fermo per anni, ci provavi pure a chiedere a tuo padre se potevi usarlo, ma la risposta era la stessa: «In un campetto». Non te lo facevano mai portare per strada. Ma un campetto regolamentare era difficile da trovare. E quando lo trovavi, era immancabilmente occupato e destinato a rimanerlo per ore. Veri e propri coloni urbani, gli occupanti del campetto facevano valere la propria superiorità fisica, anagrafica, la propria disinvoltura nell'uso della violenza. Sapevano benissimo che sarebbe stato difficile trovare il campo libero anche il giorno dopo, così se lo tenevano stretto. I giovani questuanti appena arrivati si mettevano lì ad aspettare, con poca pazienza e una manciata di insulti fra i denti, grida d'insofferenza, esortazioni spicciole a finire presto. Quando invece si poneva il caso che la superiorità fisica degli occupanti o la loro differenza d'età non fosse così evidente, se uno dei due gruppi, in poche parole, non riusciva a dimostrare in maniera rapida, eclatante e definitiva il proprio diritto di possedere il campo, allora i questuanti diventavano guerrieri. Ci si affrontava a sputi e spintoni in una forsennata corsa all'espropriazione, fin quando non arrivava il "grande" di turno a dare un minimo di organizzazione, proponendo un calendario delle partitelle. Se il "grande" non arrivava, tutto degenerava in una rissa.

Era come una reliquia, il pallone di cuoio della comunione. Dovevi crescere prima di usarlo, e solo quando ti si aprivano le porte dei campetti finalmente potevi gonfiarlo e metterlo a terra. Quando lo ricevevi sapevi che l'avresti usato dieci anni dopo o che sarebbe finito nelle mani di un fratello minore, o che, essendo rimasto per anni floscio e in una scatola poggiata su una mensola, la camera d'aria sarebbe diventata una vescica moscia, sfondata, che nessun getto d'aria avrebbe mai più potuto gonfiare.

Alla fine degli anni Ottanta, il gruppetto più forte si trovava sicuramente alla periferia nord di Napoli: Dario, Rino, Giovanni, Giuseppe. Non avevano più di dieci o undici anni a testa quando scorrazzavano per la piazzetta dietro casa, un ritaglio quadrato di cemento chiaro posto sotto il livello della strada, circondato da muretti grigi che gli davano l'aspetto di una piscina disseccata. In fondo, in un angolo, un'enorme statua di Gesù con davanti una fontanella a zampillo dominava la piazzetta. Più in là, sulla sinistra, una fila di portici adombrava quattro negozi piccoli e bui – un bar, una salumeria, un deposito di detersivi e un'estetista – segnando il limite di un enorme caseggiato bianco: quattro torri alte, grigie e squadrate, che si guardavano l'una con l'altra come bastioni di un moderno castello di cemento. Vivevano lì, Dario, Rino, Giovanni e Giuseppe, in quella sfilza interminabile di appartamenti uguali dai cui davanzali sporgevano come funghetti le parabole della TV.

Non facevano sempre squadra, loro quattro. Si mischiavano con gli altri ragazzini, giocavano l'uno contro l'altro, a volte erano in coppia. Ma quando finivano nella stessa squadra erano imbattibili.

Rino al centro era capace di servire Giovanni ovunque si trovasse. Inventava spazi che non esistevano, raggiungeva angoli impossibili, e Giovanni andava a prendersi la palla dappertutto: sotto i motorini, come a un millimetro dal palo. Giuseppe in porta faceva uscite precisissime. Col naso sulla palla, saltava a scatto come una ranocchia, e gli scatti avvenivano sempre nel momento giusto. Si metteva i guanti di lana come un fregio di professionismo. In estate finiva le partite con le dita completamente cotte e la pelle bollita. Dario si posizionava fuori dell'area di rigore e sparava bordate assurde che lasciavano il segno del pallone stampato sul muretto.

Una volta Rino alzò in avanti un pallonetto, Giovanni si aggrappò alla spalla di una signora che si trovava a passare per lanciarsi in una mezza rovesciata e ficcò il pallone proprio all'incrocio dei pali, nella porta disegnata con la vernice sul muro. La signora, pensando che la stessero scippando, emise un grido secco e strinse a sé la borsa, mentre un'altra passante acciuffava Giovanni per i capelli ricci tirandoglieli con forza. La squadra avversaria chiamò fallo. Giovanni si ribellò dicendo che si era appoggiato a una signora, non a un giocatore. Alla fine gli avversari ebbero ragione, perché per strada tutti sono giocatori e ogni cosa fa parte del campo. Chi lo attraversa diviene, anche se solo per qualche secondo, parte dell'azione di gioco. Le auto invece sono "fuori", mentre i motorini e le saracinesche tengono la palla in gioco.

Anche sulle punizioni Rino era preciso. Un piede delicatissimo.

Fra un'azione e l'altra, nugoli di motorini sciamavano per la piazzetta, la attraversavano in velocità e s'infilavano sotto i portici. Da lì entravano nel caseggiato. Dai sottosella degli scooter spuntavano fasci di banconote, buste d'erba, eroina e cocaina, poi i proprietari si rimettevano alla guida e la danza riprendeva. I portici erano percorsi da lente file di pellegrini in cerca di una bustina, di un cilindretto, di una pasticca, alcuni più giovani, svegli e sul chi va là, altri ridotti a stracci, flosci e barcollanti, con le pupille a spillo e le braccia devastate dai buchi.

I ragazzi giocavano sempre come se nulla fosse. Erano cresciuti lì, nel rione, e quello era l'ecosistema locale, lo scenario consueto. Per loro, una busta di pillole era una busta di pillole, un fascio di banconote era un fascio di banconote, e un "tossico" era ciò che sarebbero potuti diventare se non fossero stati ad ascoltare i propri genitori. La familiarità con gli arnesi locali, umani e non, si basava sul vissuto quotidiano. Su quei ballatoi, in quegli appartamenti, le mamme rimproveravano i figli piccoli dicendo loro: «Se non fai il bravo chiamo le guardie». Si faceva presto ad allestire il proprio pantheon personale – ma comune a tutti –, un'accozzaglia di personaggi dai volti affilati dove i ruoli, la separazione fra buoni e cattivi, fra giusto e ingiusto, differiva parecchio dal resto del paese, e anche della stessa città.

Il tizio che arrivò un giorno, per esempio, mentre Rino stava per fare una rimessa laterale dal basamento della statua di Gesù, ritto in piedi sul bordo della fontana, lo conoscevano bene. Aveva la faccia tonda e il naso piccolo, sottile, smangiato dalla cocaina. Era Tonino "Porcello", il caporione, l'autorità massima per tutti gli abitanti del caseggiato.

Si sedette lì, sul muretto accanto alla statua, e fece segno ai ragazzi, con l'indice ad artiglio, di avvicinarsi a lui. I primi a raggiungerlo furono Dario e Giovanni, asciugandosi le fronti madide di sudore. Tonino però attese che ci fossero tutti.

Quando lo ebbero circondato, disse, guardandoli uno a uno: «Voi qua non potete più giocare. Date fastidio».

Rino, che aveva ancora il pallone in mano, aprì la bocca per dire qualcosa, ma poi non emise un fiato. Così anche gli altri tre del gruppetto. Fossero stati i loro genitori, li avrebbero contestati, si sarebbero messi a frignare, avrebbero opposto qualche resistenza o perlomeno avrebbero chiesto spiegazioni. Ma con Tonino non c'era nulla da discutere. La sua parola era legge. L'avevano imparato prima ancora di gattonare, prima ancora di articolare le parole "mamma" e "papà".

Il caporione inforcò un paio di Ray-Ban a goccia, si alzò dal muretto, scompigliò i capelli a un paio di loro e scomparve sotto il porticato.

«Se vi ha detto così, così è.»

Gennaro si pulì il muso con il dorso della mano destra, uno sbaffo di pomodoro gli restò all'angolo della bocca. Poggiò l'avambraccio sul tavolo, la mano rimase leggermente piegata con il palmo verso l'esterno, il dorso verso il proprio petto. Lo chiamavano "Manastorta". Da ragazzo, mentre lavorava, una trave d'acciaio gli era caduta sul polso maciullandoglielo. Una disabilità permanente che gli avrebbe permesso di ottenere un buon indennizzo, magari anche una pensione, se soltanto il suo lavoro fosse stato regolare. E invece, dopo che il polso gli si era risaldato alla bene e meglio, Gennaro aveva ripreso a tranciare, saldare, martellare, tenendo gli attrezzi in un modo tutto suo, usando il dorso della mano destra come base d'appoggio e afferrando gli oggetti con le dita strette a pinza.

Giovanni fissò il piatto di spaghetti intonso, la forchetta poggiata inutilmente sul bordo orlato di fiori.

«Ma papà...» provò a dire senza guardare Gennaro, con gli occhi bassi e la testa incassata nelle spalle.

«*Ma papà* nient'» fece suo padre. Poi guardò la moglie Carmela, che scosse la testa senza parlare. «*Ma papà* nient'!» ripeté stavolta più forte, battendo sul tavolo la sua mano storta. «Mi vuoi mettere dentro ai casini? Mi vuoi far fare le tarantelle? Questo, oì...» si alzò e indicò il piatto di Giovanni «lo sai chi te lo paga?»

Poco dopo l'incidente, Gennaro aveva perso il lavoro in officina e per lui era diventato impossibile trovare un impiego da fabbro nella zona. Carmela tirava su qualcosa come donna delle pulizie nelle case dei vicini, ma ci facevano ben poco. Lui si era messo a portare i caffè al tavolo al baretto sotto i portici, ma erano più le tazzine che aveva rotto con la sua mano storta che quelle arrivate a destinazione. Poi, un giorno, mentre se ne stava poggiato a una colonna a fumarsi una sigaretta, gli si era avvicinato Tonino Porcello e gli aveva detto che se voleva c'era un lavoro da fare "al volo". «Prendi i ferri e vieni a faticare» gli aveva detto «jamme bell'.»

Una delle quattro palazzine, quella a sudest del caseggiato – sempre circondata da un codazzo di tossici, sorvegliata da uomini in scooter che tenevano i clienti serrati in fila con grida, ammonimenti e qualche spintone – aveva bisogno di un nuovo portone d'acciaio. Il precedente, al cui centro era stata ricavata una piccola finestra, era stato buttato giù nell'ultima retata della polizia. Da quell'apertura i pusher passavano le dosi e i clienti le banconote. Adesso il palazzo era sguarnito. Due ragazzi erano stati sistemati all'ingresso per chiedere a chiunque avesse un volto diverso da quello dei soliti residenti cosa volesse e da chi stesse andando. Non era sufficiente. Bisognava installare un nuovo portone blindato per dare il tempo ai pusher, nel caso di una nuova retata, di nascondere la droga e scappare. Gennaro Manastorta era la persona adatta.

Il lavoro, di settimana in settimana, si moltiplicò. A Gennaro fu chiesto di costruire nascondigli e ricavare intercapedini nei muri, senza che gli venisse spiegato il motivo e senza che lui lo domandasse. S'industriò a modo suo per fare piccoli lavori di muratura e imparò due cose rudimentali sugli impianti elettrici. Ora, grazie a Tonino Porcello, riusciva a portare ogni giorno il piatto a tavola. Era stato il suo welfare, Tonino. Il suo ammortizzatore sociale.

«E allora andiamo a giocare al Plebiscito.»

Giovanni alzò lo sguardo su suo padre, che era ancora in piedi accanto a lui. Si fissarono a lungo. Andare a giocare a pallone a piazza Plebiscito significava prendere un autobus fino al centro storico e ritirarsi direttamente alla sera. Giovanni sapeva bene di star chiedendo la luna: era una piazza enorme, altro che quella dietro casa. Ed era ciò che poteva pretendere dai suoi genitori di fronte al divieto di giocare lì sotto. Gennaro guardò Carmela, che distolse lo sguardo perdendosi anche lei nel piatto di spaghetti al pomodoro. Quindi guardò suo figlio ancora per qualche istante, dopodiché sventolò la mano buona in un gesto d'insofferenza.

«Vai addó vuo' tu.»

E così Giovanni, Rino, Dario e Giuseppe iniziarono a prendere il bus, dopo la scuola, con un pallone nello zaino per arrivare alla stazione centrale e poi da lì, attraversando il Rettifilo, in piazza Plebiscito. Giocavano proprio davanti al Palazzo Reale, sotto gli occhi delle statue dei sovrani di Napoli.

Rino puntava il pallone all'altezza di Gioacchino Murat, poi prendeva una rincorsa di qualche metro e calciava. Il Super Santos aveva regole fisiche tutte sue. Ma regole da pallone vero. Punta, collo piede, bordata, tiro a effetto. Col Super Santos bisognava giocarci anni, e tutti i giorni, per poter capire come fargli fare l'esatto percorso desiderato. La palla calciata da Rino partiva con una traiettoria secca, senza sbavature. Prendeva in pieno l'indice puntato verso terra di Carlo V, che cascava come fosse stato attaccato con la saliva. E gli altri lo raccoglievano come un trofeo di guerra. Rino aveva rotto per cinque volte di seguito l'indice di Carlo V. Ormai, fra i giovani di piazza Plebiscito era diventato una celebrità. Quando lo vedevano, andavano ad avvertirlo: «Rinu', hanno rimesso 'o rito!». Era diventata una sfida fra lui e il restauratore della statua. Ogni volta che lo sistemavano, Rino aspettava qualche settimana e poi andava a staccare il dito regale con le sue punizioni. In tanti ci provavano. Ma solo lui ci riusciva. Una volta ce la fece anche Giovanni, ma il prodigio non si ripeté. Dario indicò la statua e gli disse: «Mo' pare tuo padre», e quella battuta – cinica e amara, come sanno essere soltanto i ragazzini – segnò la fine dei vandalismi di Giovanni. Il vero prescelto era Rino. Era lui l'unico boia autorizzato da Carlo V ad amputargli il dito.

Le trasferte dalla provincia al centro storico durarono qualche mese. Dopodiché, un pomeriggio, accadde qualcosa di straordinario.

I quattro avevano appena finito di mangiare. Stavano per uscire dal rione, Dario con lo zaino in spalla gravido di un bel Super Santos nuovo di zecca. Superati i portici videro che sul muretto accanto alla statua di Gesù era seduto Tonino Porcello, gli occhiali a goccia sul naso rovinato, braccia conserte e gambe accavallate. Si scambiarono un'occhiata. Non era abitudine di Tonino quella di bivaccare sui muretti. Quando lo incontravi sulla tua strada, era sempre per qualche motivo.

Giovanni si scostò i riccioli neri dalla fronte. Senza rendersene conto, continuando a camminare si accostarono sempre di più l'un l'altro fino a ritrovarsi spalla a spalla. Tonino, quando furono a pochi metri da lui, grugnì una grossa risata e disse: «Tranquilli, guagliu', tranquilli». Poi fece segno con l'indice di avvicinarglisi.

«Ce ne stiamo andando» disse Giovanni indicando nella direzione della fermata del bus. «Ce ne andiamo subito.»

«Venite ccà» ripeté Tonino. «Assettatev'» batté le mani sul muretto ai suoi lati. «Non vi appaurate.»

I quattro, titubanti, gli si sedettero due da un lato e due dall'altro.

«Dove ve ne state andando?»

«A Napoli» fece Giovanni.

«Al Plebiscito» si unì accorato Rino.

«Lontano» precisò Giuseppe, come se Tonino non sapesse calcolare la distanza da lì al centro storico.

«Ah, ah, ah… 'O sacce addó sta 'o Plebiscito.» Tonino si fece un'altra risata. «Però stavo pensando, sentite…» allargò le braccia poggiandole sulle schiene di tutti e quattro, unendoli a raccolta come un coach con i suoi rugbisti. I ragazzini si lanciarono occhiatine di sbieco, tutti rigidi e sul chi va là, stupiti da quell'improvviso slancio di confidenza. «E se invece di andarvene fino al Plebiscito vi rimettete a giocare qua?»

«Ah?» Giovanni era incredulo. Temeva che Tonino si stesse prendendo gioco di loro. Che da un momento all'altro, magari, sarebbero volati i ceffoni. Non era mai accaduto prima, ma nulla lo escludeva. Un sovrano ha potere totale sul proprio regno e sulle teste dei propri sudditi. E anche su quelle dei loro figli.

«Noi ce ne andiamo perché ce l'avete detto voi...» provò a spiegarsi Giovanni con un filo di voce.

«Sì, sì, lo so, lo so...» Tonino annuì con condiscendenza e con la voce a cantilena, come per sminuire la portata di ciò che Giovanni aveva appena detto. «E però ci ho ripensato. Non ci posso ripensare?»

«Si... sissignore.»

«E vi dico pure che se vi mettete a giocare qua, proprio ccà annanz'» indicò col dito la piazzetta dove i quattro avevano giocato a pallone fino a tre o quattro mesi prima, finché lui non li aveva cacciati. «Se vi mettete a giocare qua, io vi pago.»

«Ah?» ripeté Giovanni.

«Ma questo si è mangiato una rana stammatin'?» Tonino gli diede uno scappellotto. Gli altri tre finsero di ridere. «Li volete questi?» Sfilò una sottile mazzetta di banconote dalla tasca del pantalone e gliela mostrò.

«Io a te t'agge visto buono» sorrise a Dario scoprendo due incisivi mezzo marci, «tu tieni l'esterno destro come a De Napoli, uguale!» Dario cambiò espressione, raddrizzò la schiena e guardò gli altri con superiorità. «Se vi mettete a giocare qua, questi sono i vostri» agitò la mazzetta di banconote. «Però dovete giocare tutti i giorni. Tutti i giorni vi voglio vedere ccà, dal pomeriggio fino alla sera. Vi voglio professionisti! Va bbuon'?»

I ragazzi si guardarono fra loro, occhi sgranati e bocche mezze aperte. Annuirono tutti e quattro con forza, prima che Tonino potesse rimangiarsi la sua favolosa offerta.

«Solo una cosa dovete fare, ma siete così bravi che per voi è 'na strunzata.»

E così Giovanni, Rino, Dario e Giuseppe tornarono a giocare nella piazzetta dietro casa, con l'enorme statua di Gesù a benedire ogni loro punizione e il solito andirivieni di pellegrini barcollanti. Durante le prime partitelle, Tonino Porcello piazzò una sedia a bordo campo per guardarli mentre si sfidavano fra loro o gareggiavano contro gli altri ragazzi del quartiere. Per loro era come se l'autorità massima fosse presente allo stadio. Come se Hugo Sánchez in persona, l'attaccante messicano che infuocava le curve di mezzo mondo, fosse venuto lì a vederli per segnalarli al Real Madrid.

Ogni settimana, la domenica mattina, Tonino indicava Giovanni, Rino, Dario e Giuseppe con il suo dito ad artiglio e diceva: «Tu, tu, tu e pure tu...», invitandoli ad avvicinarsi. Poi sfilava dalla tasca la mazzetta di banconote e ne dava qualcuna a ognuno di loro. Puntuale, preciso e con qualcosa in più e mai in meno. Nei giorni feriali, la mattina andavano a scuola e poi, dalle quattro del pomeriggio sino a mezzanotte, infiammavano la piazzetta giocando a pallone. Quando Tonino si alzava dalla sedia e tendeva l'indice, tutti i ragazzini della piazza chiudevano gli occhi e speravano di essere scelti anche loro. Ma a essere convocati erano sempre i magnifici quattro: Giovanni, Rino, Dario e Giuseppe. L'indice di Tonino piegato ad artiglio era assai più importante e regale di quello di Carlo V tante volte amputato. «Tu, tu, tu e pure tu...» Gli altri ragazzi giocavano nelle ore concesse, e solo un po', come divertimento momentaneo o come avversari da sostituire di volta in volta. Loro invece avrebbero potuto vivere giocando.

Quell'ascesa prematura al professionismo, però, gli richiedeva un'abilità supplementare.

La prima volta che dovettero mostrare di possederla fu durante un caldissimo lunedì pomeriggio. Rino stava palleggiando con i piedi e con la testa, scimmiottando le celebri acrobazie di Maradona; Giovanni e Dario si erano bagnati già tre volte la testa con l'acqua gelida della fontana, Giuseppe guardava Rino sperando che sbagliasse per iniziare il proprio turno di acrobazie. Rino colpì il pallone con una spalla, ma lo mandò troppo lontano senza riuscire a recuperarlo. Invece di passarlo a Giuseppe, però, lo trattenne sotto la suola della scarpa e guardò l'amico con aria di sfida.

«Vieni sotto» disse.

Giuseppe non se lo fece ripetere due volte. Si lanciò verso Rino e prese a tirargli pestoni alle caviglie per sottrargli la palla, ci riuscì, ma Rino se la riprese, così si avvinghiarono in una danza furiosa fatta di rimpalli, corse, giochi di gambe, e qualche insulto buttato lì ogni due per tre.

A un tratto, però, Rino s'irrigidì. Con la coda dell'occhio, lui e Giuseppe scrutavano un'auto della polizia che sfilava lentamente lungo la strada accanto al rione.

Rino tirò una bordata incredibile. Il Super Santos volò cinquanta metri lontano. Quindi si mise a urlare a squarciagola: «'O pallone! 'O pallone! 'O pallone!».

La piazzetta e il caseggiato si animarono d'un tratto, le persone correvano da un lato e dall'altro, i motorini ringhiavano e sgommavano.

L'urlo «'O pallone! 'O pallone!» echeggiò sotto i portici, fu rilanciato dai negozianti, da un paio di donne affacciate alla finestra; perfino il postino, che aveva appena finito di consegnare le lettere, si mise a gridare: «'O pallone! 'O pallone!».

Quando l'auto della polizia entrò nel caseggiato bianco, non c'era più nulla che non andasse. I pusher avevano lasciato la torre sudest e tutte le altre postazioni, le bustine di coca erano passate di mano in mano fino a trovare un nascondiglio sicuro, e così anche il fumo, l'erba, le pasticche. L'eroina, avvolta nella carta stagnola, era finita nei tombini intasati che poi avrebbero sollevato per recuperarla in un secondo momento. Era accaduto tutto in una manciata di secondi. Più veloce di qualsiasi altro mezzo di comunicazione. E senza il rischio di arresti, intercettazioni, sospetti. Soltanto una palla lanciata tra la gente e dei ragazzini che gridavano: «'O pallone! 'O pallone!».

Il quartetto diventò abilissimo. Quella richiesta particolare era l'unica condizione indispensabile per poter continuare a essere dei calciatori a tempo pieno. In cambio di qualche lancio fuori campo e dello strillo in codice, gli veniva garantita la possibilità di dedicarsi al pallone e a nient'altro. Nessuna consegna, nessuno di loro doveva fare il garzone, nessuno di loro doveva vendere nulla. Nessuno di loro doveva lasciare la scuola. Porcello voleva che continuassero ad andarci sino al diploma, altrimenti gli assistenti sociali li avrebbero tolti alle famiglie e quindi dal quartiere. Giocare, giocare, giocare. Battere, vincere, segnare. Non avere altro per la testa. Nulla più che le immagini della porta, del centrocampo, dell'area di rigore. Immagini così vive da trasformare una piazza di spaccio nel San Paolo, e una parete marcia d'umido in una porta regolamentare.

Il Super Santos era lo strumento perfetto. Il Tango, per esempio, si sarebbe male adattato all'impresa. Era meraviglioso ma troppo pesante. Non rimbalzava veloce nel flipper di auto, persone, muretti, portici e saracinesche. Non era utile a lanciare un allarme. Il loro pallone era il Super Santos. E potevano averne quanti ne volevano. Bastava che dopo qualche tiro potente contro una parete o una saracinesca si sgonfiasse un po', che subito lo lasciavano a qualche altro gruppo di ragazzini e ne prendevano uno nuovo dal tabaccaio. Di solito entravano e indicavano, senza neanche un mugugno. Indicavano e basta i palloni che pendevano dall'alto, appesi al soffitto in retine blu, come si conservavano nelle masserie napoletane i meloni invernali, quelli bianchi che si mangiano a Natale. Indicavano, e il tabaccaio, temendo ritorsioni, prendeva e dava. I ragazzini, senza ringraziare, aprivano la rete gettandola sul pavimento del negozio e se ne andavano.

Una volta accadde che andarono dal tabaccaio a chiedere l'ennesimo Super Santos gratuito. Era una sera che Dario aveva tirato una cannonata di esterno destro che era andata prima a sbattere contro la fontana e da lì, in un rimpallo imprevedibile, si era infilata sotto la marmitta di un'auto appena parcheggiata. Rino si avviò verso l'auto, ma Dario lo fermò.

«Ma lass' stà. Si sarà squagliato.»

«Almeno vediamo» fece l'amico.

«Ma quando mai, lascialo là, che tanto sicuro viene qualcuno a pigliarselo. Jamme, ja'» alzò un braccio per chiamare gli altri tre e andare. Solo che stavolta, quando arrivarono in negozio e Giovanni indicò il Super Santos appeso al soffitto, il tabaccaio fece il muso duro.

«Lo dovete pagare. E va bene una volta, va bene due volte. Ma qua bucate dieci palloni a settimana. O pagate o niente!»

Giuseppe provò allora a intimidirlo con lo sguardo più cupo di cui era capace. Ma vista la differenza d'età, e anche di stazza, l'uomo non si lasciò intimorire. Non c'era niente da fare. Bisognava andare direttamente da Tonino Porcello. Giuseppe s'incamminò così, da solo, verso la prima delle quattro palazzine, quella dove Tonino aveva un ufficetto, un bilocale con le tapparelle sghembe e una manciata di mobili male assortiti. Davanti al portone, una lastra d'acciaio con una piccola feritoia rettangolare nella parte bassa, che però Giuseppe raggiungeva con la fronte, i due guardaspalle di Porcello lo riconobbero subito:

«E che ci fai ccà, Peppi'?».

«Devo parlare con Tonino. Urgentemente.»

Il tono perentorio servì a dargli un'aria da uomo consumato. Lui, un bambinetto che in fin dei conti stava solo frignando per avere un pallone nuovo. Ci fu un rumore di catenacci, poi il portone si aprì e Giuseppe fu lasciato passare. Gli uomini di Tonino conoscevano bene il suo ruolo nella piazza di spaccio.

Pochi minuti dopo, Porcello scese in strada tenendogli la mano, proprio come avrebbe fatto un padre amorevole. Gli chiese di chiamare anche gli altri tre ragazzi e quelli arrivarono, con i capelli ancora incollati dal sudore e lo sguardo fiero. I quattro lo seguirono fin davanti la vetrina del tabacchino e poi dentro, dove con un gesto fece abbassare la saracinesca. All'improvviso tutto era in penombra. La voce di Porcello disse: «E ora mettiti per terra».

«Come, per terra?» chiese il tabaccaio stranito.

«Per terra, hai capito bene, a quattro zampe. Muoviti, animale.»

Quello ubbidì, terrorizzato. Si mise carponi. Aveva così paura che le mani sudate si attaccarono a ventosa sulle piastrelle.

«E ora voi fate fare il pallone al suo culo.»

Esitarono una frazione di secondo, poi Giuseppe gli diede un calcio nel sedere con tutta la forza, di collo piede. Le pedate davano un rumore sordo come quello di un pugno su un materasso. Dario lo sferrò di piatto, Rino fece di tutto per far finire la punta del piede dritta nell'ano, Giovanni prese la rincorsa e tirò un calcio che andò a schiantarsi proprio in mezzo alle gambe del tabaccaio. Quello si rivoltò sul dorso come uno scarafaggio, cercando di proteggersi con le mani. Urlò di dolore. Poi, temendo di provocare la rabbia di Porcello, soffocò il grido in gola lasciando che la giugulare gli si gonfiasse come una carota.

Da quel giorno ebbero sempre palloni in quantità. Senza dover pagare nulla.

Partite, dribbling, punizioni.

Tutto quello che accadeva prima o dopo non contava. Non valeva. Anzi, non esisteva. Giocare era tutto.

Solo giocare. L'utopia di giocare senza fare altro, senza mai fermarsi, è il vero sogno del calcio. Un sogno che i tifosi sentono frustrato quando i novanta minuti terminano, quando inesorabile arriva il lunedì. E invece Rino, Dario, Giovanni e Giuseppe non vedevano mai deluso il loro sogno. Per strada il gioco perenne diventava realtà, perché la palla era sempre al piede, perché potevano dribblare il barbiere, battere un corner dalla fontanella, eseguire una rimessa in campo con un colpo di testa dal balcone, senza conseguenze – come quando Rino fece finire il pallone nel terrazzo al secondo piano e la signora a cui dovettero citofonare gli aprì la porta e gli offrì pure un bicchiere di Coca-Cola ghiacciata. Nessuno poteva dire niente. Né se rompevano il finestrino di un'auto, né se un rigore ammaccava una saracinesca.

Tutti i ragazzini di Napoli ricevevano rimproveri, urla, scapaccioni per qualche danno fatto con il pallone, persino secchiate d'acqua in testa dai balconi di chi non trovava pace per il baccano in strada. Questo accadeva a tutti gli altri, ma a loro no. Neanche una volta. Loro potevano *solo giocare*. Giocare sempre. Giocare per esaurire tutte le forze, tutti i possibili pensieri. Mangiare per ricaricarsi, dormire per trovare altre energie. E giocare senza essere costretti a relegare il gioco al margine, ad aspettarlo come ricompensa per la fatica, per il lavoro, per lo studio, magari dopo i compiti, dopo aver fatto bene qualcosa. No: gioco e basta. Un esorcismo contro il dolore, la fatica, lo spettro futuro del lavoro.

Credere che questa condizione potesse durare per sempre non appariva così irragionevole. E anche se, prima o poi, fosse finito tutto, perché non si può eternamente vivere nel Paese dei balocchi, a che sarebbe servito anticipare il terrore, l'angoscia, la pressione sociale, la paura di perdere il lavoro o di non trovarlo affatto? Le orecchie si sarebbero presto allungate in forme asinine, e quando sarebbe avvenuta la trasformazione in ciuchi niente avrebbe potuto frenarla. Anche loro sarebbero diventati somari, come tutti. Ma sin quando si poteva giocare, perché fermarsi?

E poi chi ha detto che il sogno irrealizzato è meno degno di quello realizzato? Sognare vuol dire tendere, proiettarsi; vuol dire semplicemente *ambire*. Temere, invece, vuol dire ritrarsi, proteggersi; vuol dire semplicemente rinunciare. Il Napoli Calcio per sessant'anni aveva avuto solo sogni irrealizzati. Grandi giocatori come Rudy Krol, Omar Sívori – pagato dal "Comandante" Achille Lauro, allora presidente della società partenopea, settanta milioni di lire, a cui si sommò in fase di negoziazione l'acquisto di due motori Fiat per la sua flotta navale, visto che il cartellino del giocatore apparteneva agli Agnelli –, José Altafini, Giuseppe Savoldi – pagato un miliardo e quattrocento milioni, a cui la società aggiunse la cessione di un suo giocatore e la metà del cartellino di un altro, tanto che Savoldi venne soprannominato "Mister due miliardi" –, slanci onirici, speranzosi voli sulle ali della fantasia. Partite meravigliose, ma alla fine nessun risultato importante.

L'illusione serve a tendere l'arco, ed è bene vivere con l'arco teso. E quindi va bevuta tutta. Sino alla feccia. Sino a un attimo prima di scoccare il dardo.

Conta qualcosa se poi questo rimarrà fermo al suo posto?

«E non era meglio che ve ne stavate al Plebiscito?»

Maria la buttò lì come se fosse la più innocente delle domande, mentre i suoi figli, Rino e la piccola Concetta, s'imbrattavano il muso con i cornetti al cioccolato e Antonio, suo marito, faceva roteare la tazzina di caffè come un consumato sommelier. L'interrogativo era di un'ingenuità disarmante. Come poteva anche solo pensare che prendere ogni giorno due autobus, uno per andare e l'altro per tornare dal centro storico di Napoli, fosse meglio che starsene sotto casa, pagati per giocare ininterrottamente a pallone?

La domanda di Maria restò sospesa, come le sue labbra, in attesa di una risposta che però non arrivò. Rino e suo padre si scambiarono un'occhiata, Concetta diede un altro morso al cornetto e si versò un bicchiere di latte.

«Là ci stanno pure le...» Maria agitò le mani in cerca di una motivazione pratica che desse sostanza ai suoi dubbi «le statue, il Palazzo Reale, la chiesa… È 'na piazza accussì bella…» Solo che la motivazione la fece sembrare ancora più ingenua.

«Ma che stai facenn', 'a guida turistica, Mari'?»

Maria restò imbronciata per qualche istante, quindi sbuffò e scosse la testa. Antonio sfilò una Marlboro dal pacchetto sul tavolo e la accese, spargendo nella cucina una cappa di fumo grigio. Non usciva mai di casa senza prima averne fumate un paio. Per i ragazzi, e anche per Maria, quell'odore acre di tabacco combusto faceva ormai parte del rituale mattutino, era come quello della moka sul fornello che eruttava caffè. Antonio aspirò tre boccate profonde una dietro l'altra, poi scostò leggermente la sedia dal tavolo, accavallò le gambe e fissò sua moglie con un'espressione a metà fra l'interrogativo e l'accigliato. Lei si sottrasse allo sguardo.

«Rinu', vatti a pigliare lo zaino, va', che te ne devi andare. E pure tu, Cunce'.»

Rino e sua sorella si alzarono dalle sedie, lei con un piccolo balzo, e fecero per andare a prendere gli zaini nella cameretta. Fra pochi minuti sarebbe passato lo scuolabus comunale.

«No, no, aspetta.» Maria alzò una mano per trattenere Rino. Lui si fermò in mezzo alla cucina e lanciò uno sguardo perplesso a suo padre e, solo dopo, anche a sua madre.

«Cher'è, Mari'?» le domandò Antonio.

«A me questa cosa non mi piace» disse lei alzando bruscamente il tono di voce. «Non mi piace.»

«Nun te piace?» fece Antonio con un blando sorrisino, fingendo di assecondarla, ma con l'intenzione malcelata di metterla in ridicolo.

«No.»

«Cioè, famme capì. A questo» indicò Rino «lo pagano per giocare a pallone sotto casa e a te...»

«Non lo pagano per giocare a pallone!» Maria diede un pugno sul tavolo che fece tintinnare i cucchiaini coricati nei piccoli piatti delle tazzine da caffè. «Lo pagano per fare il palo! È questo che stai facenn', 'o ssai, Rinu'?» si voltò verso il figlio. «'O ssai o no?!»

«Papà...» Rino guardò suo padre con aria di supplica. Antonio sbuffò dalla sigaretta un geyser di fumo che si sparse sul tavolo come un enorme nuvolone prima di un temporale: si raccolse proprio sotto il soffitto della cucina e tanto era denso, tanto era scuro, che sembrò quasi che potesse mettersi a tuonare da un momento all'altro.

«'O ssai che sei uno spacciatore pure tu?» continuò Maria. «'O ssai che significa? 'O ssai come va a finire se...»

«Vai, va', Rinu'.» Antonio fece un cenno con la

testa. «Iatevenn'.» L'ordine era rivolto implicitamente anche alla piccola.

«Pare che vivete in un altro paese! Che non sapete come vanno a finire queste co...»

La porta di casa sbatté con fragore, un tuono riecheggiò sul pianerottolo, mentre dentro casa la nuvola grigia sul soffitto non accennava a dissolversi.

Intanto Porcello cresceva nel suo clan. Era riuscito a trasformare i luoghi del contrabbando di sigarette in punti di stoccaggio e vendita di cocaina, eroina e tutti i tipi di droghe leggere, pasticche e acidi. Un mercato floridissimo. Con il tempo, fu chiaro a tutti che il suo ruolo non era più soltanto militare e gestionale: se l'organizzazione per cui lavorava muoveva flussi di denaro paragonabili a quelli di una grossa azienda, allora Tonino, nella sua azienda, aveva assunto il grado di dirigente. I ragazzi lo sapevano. Le informazioni circolavano nel rione rimbalzando fra un pilastro e l'altro come le pallonate, riecheggiavano talvolta con la prepotenza di un rigore, sibilavano senza clamore come un discreto passaggio lungolinea.

Così, quando una sera Tonino, chiaramente su di giri, passò per la piazzetta e li indicò: «Tu, tu, tu e pure tu... Jammece a magnà 'na pizza», si sentirono potenti come non mai. Pregarono che Tonino non avesse voglia di prendere la macchina, perché così avrebbero camminato al suo fianco per un chilometro circa di strada. E infatti andarono a piedi.

I ragazzi sfilavano spavaldi, sperando che più persone possibile li vedessero accanto al boss. Se avessero potuto, si sarebbero fatti scattare una fotografia da mostrare magari al mattino, prima delle lezioni, a tutti i compagni di classe. Dario, il più alto del gruppo, camminava un passo avanti agli altri con le mani nelle tasche e le spalle strizzate in una posa involontaria di timidezza, appena dietro Tonino, che invece procedeva baldanzoso con il petto in fuori, il mento in alto e le braccia leggermente allargate, come a ostentare una schiena più larga e muscolosa di quella che si ritrovava.

«Guagliu'» fece Tonino senza voltarsi «ma qualcuno in mezzo a voi sta facenn"a vita?»

«Ah?» I ragazzi si guardarono fra loro.

«Qualcuno sta facendo la puttana? No, perché io sento 'nu profumo 'e zoccola...»

«Ah, ah, ah...» ridacchiò Rino, «questo si è messo il profumo della mamma!» Diede uno spintone a Giuseppe, che quasi cascò per terra.

«Strunz'!» L'altro provò a mollargli un calcio, ma Rino si arcuò spingendo il sedere in avanti e schivando di pochissimo il piede dell'amico. «Questo è 'o meglio profumo che ci sta» sentenziò Giuseppe «non capisci mai 'nu cazz'.»

Nella salumeria-profumeria-merceria della signora Liliana, che stava sotto i portici del rione, Giuseppe aveva comprato una settimana prima, per il compleanno di sua madre, una bottiglia di Chenal n. 5, che riproduceva in tutto e per tutto l'estetica del più noto Chanel, invertendo l'ordine delle due vocali e sostituendo al profumo di rosa, gelsomino e vaniglia quello di alcol e benzina. Questo dava al composto una sinistra sensazione di pulito – come detersivo sulla scocca di un'auto – per certi versi perfino gradevole, ma del tutto diversa da quella ideata dalla maison parigina. Liliana, un donnone dai capelli mogano che girava sempre in vestiti premaman e ansimava come un cucciolo di carlino, lo aveva omaggiato di un secondo profumo, questo da uomo, che riproduceva invece il Fahrenheit di casa Dior, con l'inserimento – minimo, ma significativo – di un minuscolo 8 capovolto al centro della bottiglia e di una variazione – anch'essa minima, ma anch'essa significativa – nel nome dell'eau de toilette, che diventava così

"FahrenEight". Sembrava però che i chimici della maison partenopea fossero stati assai meno accorti rispetto ai colleghi d'oltralpe nell'uso delle note agrumate, cosicché la scia emanata da Giuseppe si spandeva a metri di distanza in un profluvio di mandarino e bergamotto.

«Ha parlato Jerrycalà, ha parlato.» Giuseppe fece di nuovo il gesto di tirare un calcio a Rino. Si era guadagnato il soprannome grazie alla sua nuova capigliatura, che provava a scimmiottare quella dell'attaccante Careca, fuoriclasse nel Napoli, senza possedere però i suoi folti riccioli.

«Sempre meglio 'e Nino D'Angelo». Rino lanciò uno sguardo sprezzante al caschetto di Giuseppe, ordinato e lucente.

«Chiedigliela a Monichina.»

«Oh fra', non mettere a Monica in mezzo.» Rino si accalorò. Da settimane faceva la corte a una ragazzina della seconda D. Si appostava davanti alla porta della sua classe, si faceva trovare lì per caso quando suonava la campanella, un paio di volte le aveva anche chiesto se voleva per caso il suo Tegolino, la merendina che sua madre gli infilava nello zaino ogni giorno, prima che andasse a scuola. Monica, però, pareva non volerne sapere. Fino a quel momento, Rino era riuscito soltanto ad accompagnarla al cancello della scuola, mentre Giuseppe e gli altri ridevano come matti e gli gridavano incitamenti imbarazzanti, le mani sulla schiena l'uno dell'altro. Se qualche possibilità fra Rino e Monica c'era, di certo Dario, Giovanni e Giuseppe non la favorivano.

«Monica la chiattilla!» gridò Dario, sapendo che l'attribuzione di quel nomignolo – il modo in cui venivano chiamati i figli di papà, e che derivava da "piattola", "parassita" – avrebbe mandato Rino su tutte le furie.

«Strunz"e mmerd'!» rispose infatti Rino.

«Che r'è, all'amico vostro gli piacciono le chiattille?» chiese Tonino Porcello.

«Non gli date retta, Tonino, questi sono tre munnezze. Monica è 'na brava guagliona.»

«Come! Pare Moana Pozzi!»

Rino sputò a pochi centimetri dai piedi di Giuseppe. Erano gli anni in cui ogni ragazza bionda con i capelli lunghi veniva accostata in un modo o nell'altro alla diva italiana del porno.

Dario, poco più avanti, scioltosi dalla sua timidezza, gettò uno sguardo d'intesa a Giovanni. Quello gli sorrise scoprendo i grossi incisivi da coniglio.

Era l'unico, Giovanni, a possedere dei veri riccioli. E questo, insieme alla sua dentatura imperfetta, ricordava a chi aveva l'occhio fine l'aspetto di un calciatore brasiliano. Era il tempo in cui a un calciatore non si richiedeva di essere bello, ma soltanto bravo, dannatamente bravo, e così rievocare l'esotismo dei goleador della Seleção era un gran vanto, donava un'aura da predestinato. Nessuno lo avrebbe mai preso in giro per quel suo piccolo inestetismo. Casomai, qualcuno lo invidiava.

Arrivati in pizzeria, il gestore del locale – un tizio basso con una canottiera bianca che copriva solo metà della sua enorme pancia, fermandosi appena sopra l'ombelico – fece spostare un'intera famiglia perché Tonino potesse sedersi al suo solito tavolo. I ragazzi si misero due da un lato e due dall'altro, lui a capotavola.

Mentre attendevano l'arrivo dei piatti, Tonino prese a ciarlare delle donne con cui era stato, senza tralasciare dettagli – molti dei quali, probabilmente, frutto della sua fantasia – che sarebbero apparsi osceni perfino se i suoi commensali avessero avuto la sua stessa età. Ogni tanto gli arrivavano occhiate e saluti accalorati, lui rispondeva a stento con un cenno della testa, abbandonato sullo schienale della sediolina di paglia come fosse un trono borbonico. Dario, Rino, Giuseppe e Giovanni ridacchiavano a ogni suo racconto con la voglia evidente di compiacerlo. Dario ascoltava e a volte si passava una mano sui capelli a spazzola, tastando la punte ritte come le setole di una pennellessa e ripiombando per qualche istante nei suoi piccoli accessi di timidezza.

Finita la serie dei racconti scottanti, per Tonino iniziò quella delle amicizie influenti. Sembrava chiaro perfino ai ragazzini che agli effetti della coca si stavano sommando quelli delle birre che Porcello tracannava una dietro l'altra, pulendosi la bocca col dorso della mano e soffocando un'infinità di rutti. Si sentivano onorati, i quattro, che Tonino avesse scelto proprio loro per fargli compagnia a cena, e non un qualunque altro uomo del rione, magari più grande e più importante, oppure, perché no, una delle sue tante fiamme. Stentavano a credere che li avesse degnati di tale considerazione. Sfuggiva loro l'idea che Tonino, dietro tutti i suoi fragorosi racconti, le grossolane menzogne e le smargiasse esuberanze potesse essere, in fin dei conti, un uomo solo. E che questa strana solitudine – incomprensibile per degli sbarbatelli –, in qualche sera particolare lo spingesse a staccare dai rami quattro frutti acerbi solo per tenerli lì sul tavolo davanti a lui, come oggetti da compagnia, senza avere molto di che sfamarsene.

Tonino iniziò a sbrodolare nomi e cariche, favori e clientele come se fosse un disco rotto, approfittando del fatto che i ragazzi non avessero la minima idea di chi fossero i protagonisti di quelle storie. Uno, però, rimase loro ben impresso, perché aveva a che fare con il mondo del pallone. Tonino non citò mai il suo vero nome. Diceva che tutti lo chiamavano 'o Scioffèr – una napoletanizzazione della parola francese *chauffeur*, autista –, perché un tempo si occupava di scarrozzare le squadre di calcio con i bus da un posto all'altro. Si era mosso con una destrezza tale da diventare, anno dopo anno, conoscenza dopo conoscenza, telefonata dopo telefonata, uno dei massimi dirigenti sportivi europei. Oggi i procuratori gli erano vassalli, gli arbitri gli dovevano carriere e ville, e non c'era giocatore straniero di talento che lui non potesse raggiungere o tesserare. Non c'era quotidiano sportivo che non potesse condizionare o trasmissione televisiva che si sottraesse dal favore di parlare bene di un suo giocatore o lanciare un suo pupillo. In quelle terre, a Napoli, 'o Scioffèr era diventato potente, aveva saputo stillare denaro e potere dalle imprese che più rendevano: politica e camorra. Aveva mandato in cancrena giocatori, squadre, allenatori. Aveva imboscato miliardi di lire bruciandoli nell'acquisto di celeberrimi brocchi ed era sempre riuscito a proteggere i suoi dirigenti accusati d'ogni malefatta. Dal veleno dell'infezione aveva ricavato vita e ricchezza per sé e per i suoi clienti. 'O Scioffèr adorava tutti gli intermediari, i mediatori, li vedeva come braccia da usare senza doversi sporcare le dita, candide e senza calli. La sua forza erano gli intermediari. Il suo talento saperli scegliere, la sua astuzia sapere come tenerli sotto ricatto, la sua autorevolezza avere la loro incondizionata fedeltà. E il suo enorme potere consisteva nello scaricare su questi tutto ciò che aveva fatto di criminale, illecito o semplicemente scorretto, senza però permettere mai che fosse ricondotto a lui. Quando gli intermediari facevano qualcosa di buono, allora erano *suoi uomini*, quando commettevano illegalità erano *uomini senza scrupoli*, disposti a tutto per denaro. Era un modo d'agire che aveva un ulteriore vantaggio: queste braccia aggiunte potevano essere tagliate in ogni momento.

Tonino Porcello, dal canto suo, era una delle miriadi di braccia impiegate da 'o Scioffèr. Tonino gestiva i soldi che il clan investiva in giocatori e squadre, si sentiva prescelto da 'o Scioffèr, un po' come Dario, Giovanni, Rino e Giuseppe si sentivano prescelti da lui, ignorando – sia loro che Tonino – di far parte di una sterminata coda di sensali, tutti rimpiazzabili, e di trovarsi, per giunta, solo alla fine di quella lunghissima fila.

La carriera di Tonino negli affari calcistici era iniziata quando si era offerto di accompagnare 'o Scioffèr a conoscere il presidente dell'Avellino, il costruttore Antonio Sibilia. Lo avevano incontrato in tribunale, a un processo, dove Sibilia non era andato a testimoniare, né era imputato, ma si era recato a fare pubbliche relazioni, come a un cocktail in terrazza o a una serata di gala. Sibilia era andato in visita da Raffaele Cutolo, il capo della Nuova Camorra Organizzata. L'aveva salutato con tre baci durante una pausa del processo – tre, come si salutano i compari –, e aveva fatto dono al boss di una medaglia. O meglio, a consegnargliela era stato l'attaccante brasiliano dell'Avellino Juary, chiamato da Sibilia a questo scopo, anch'egli parte dell'onorificenza. La medaglia d'oro pesava ben settanta grammi e recava una dedica. Da un lato c'era inciso il profilo del lupo irpino, simbolo della squadra, dall'altro l'omaggio: *A don Raffaele Cutolo con stima.* Un giornalista, però, aveva riportato l'accaduto. Luigi Necco, il cronista sportivo della Rai che seguiva il Napoli, lo raccontò a *90°*

minuto, una trasmissione che in quegli anni era capace di far interrompere operazioni chirurgiche, celebrazioni di matrimoni e funerali, di far tacere qualsiasi discorso al solo vibrare della sigla d'inizio. Necco aveva denunciato il rapporto tra Cutolo e Sibilia, tra la camorra e il calcio nel programma televisivo più seguito d'Italia. Se avesse sporto una denuncia in questura, scritto un editoriale su un quotidiano o partecipato a qualsiasi altra trasmissione, non avrebbe causato il danno che provocò invece pronunciando quelle parole a *90° minuto*. Era come se si fosse seduto alla tavola di ogni singola cucina italiana e, davanti a un piatto di spaghetti al pomodoro, a una ribollita o a una cassoeula, avesse raccontato l'episodio a tutte le famiglie del Paese.

Nessuno si aspettava quello che poi sarebbe accaduto. I giornalisti sportivi, almeno loro, erano sempre stati al riparo dalle vendette dei clan e dai regolamenti di conti. Sembrava che fosse andata così anche per Necco. Di fronte alle pressioni del patron dell'Avellino per punire il giornalista, Cutolo nicchiò. Necco era troppo amato, metterselo contro avrebbe significato mettersi contro il popolo, e colpire una personalità televisiva avrebbe destato troppo scalpore. Sarebbero subito partite le indagini, i clan l'avrebbero pagata a caro prezzo.

Poi, un giorno, Necco si fermò a Mercogliano, proprio nel feudo di Sibilia, prima di andare a seguire il match Avellino-Cesena. Era passato un anno e un mese dalla consegna della medaglia al boss vesuviano. A nessuno, men che meno al diretto interessato, sarebbe mai venuto in mente che qualcuno meditasse ancora di vendicarsi. E invece Enzo Casillo detto 'o Nirone, braccio destro di Raffaele Cutolo, mandò tre uomini nel ristorante dove Necco si era fermato a mangiare. Mentre usciva dal locale gli spararono tre volte alle gambe. Sul parabrezza impolverato della sua auto fu trovata la scritta: *Volevi fare il criticone?*

Necco era stato punito per aver svelato l'omaggio privato, il vassallaggio; per aver messo in piazza squallide sudditanze e patetismi criminali.

«Siete usciti cu don Tonino» disse il padre di Dario senza alcun punto di domanda, come una constatazione. Stava seduto in mutande e canottiera davanti alla TV, unico faro al centro del salotto buio. Era tornato da poco dal suo turno al ristorante. Sua moglie era seduta in un angolo del grosso divano accostato al muro, dietro di lui, con un neonato in braccio, come se fossero al cinema e avessero i biglietti per file diverse.

«La gente vi ha visti.»

Dario guardò anche lui per un istante lo schermo della TV. Un tizio in kimono da karateka si accingeva a spaccare una pila di mattoni con un pugno al centro di uno studio televisivo.

Dal divano arrivò un sibilo.

«È buono che la gente li ha visti.»

Salvatore si girò lentamente verso la moglie Teresa, poi, senza dire nulla, fissò di nuovo Dario.

«Dove siete andati?»

«A farci una pizza, pa', dove vuoi che siamo stati?»

Dario si avviò verso la sua camera.

«Oh» fece Salvatore. «Io sto parlann' cu te.»

«E ti ho risposto, pa'.»

«Ma perché gli devi dare il tormento» disse Teresa «quelli sono andati solo...»

«Oh!» si voltò Salvatore. La donna sobbalzò. Il bambino che teneva in braccio esplose in un pianto. Lo accarezzò e se lo strinse di più al petto.

Dall'appartamento accanto arrivavano i rumori di una sparatoria da film western. Le pareti erano talmente sottili che ogni famiglia, la sera, poteva ascoltare ciò che quella accanto stava guardando alla televisione. Cosicché anche i litigi familiari diventavano spesso e volentieri argomento comune di discussione fra gli inquilini del pianerottolo.

«Vieni, vie'.»

Salvatore fece segno a Dario di seguirlo sul balcone. Gli stradoni della periferia nord, con i caseggiati tutti uguali, alti e squadrati – bastioni vagamente futuristici di un ordine sociale mai pervenuto –, erano illuminati fiocamente dalla luce dolciastra dei lampioni. Qua e là, una macchina sfilava come un cammello nel deserto. Uno stridore di gomme graffiò la notte senza alcun clamore. Dario e suo padre si poggiarono con i gomiti al parapetto tenendo lo sguardo fisso davanti a sé. Dall'appartamento accanto, dove la grossa parabola aggrappata al balcone veniva investita dai guizzi di luce della TV, giunse la voce di un uomo.

«Schiattagli la testa!» Il rumore di un revolver in versione cinematografica riecheggiò più volte.

«Che avete fatto con don Tonino?»

Dario sbuffò. «Ma che abbiamo fatto, pa'... Ci siamo mangiati la pizza. Che dovevamo fare?»

«Sì, ma... Che vi ha detto? Che voleva?»

Dario sospirò d'impazienza. Il pomo d'Adamo che gli sporgeva dal collo magro, insieme alla cresta di capelli ritti sulla testa gli dava un'aria gallinesca.

«Non voleva niente. Voleva parlare. E vulev' magnà. Quello mangia assai.»

«Si vede.»

«Vabbuo'... Pure tu nunn'è che sei 'nu birillo.»

«Vieni qua, omm"e mmerd'!» Salvatore provò ad afferrarlo, ma Dario si sfilò dalla presa come un'anguilla. Poi scoppiò in una risata. «Ti faccio vedere io!» Salvatore riprovò ad afferrarlo, ma Dario fuggì nel salotto e si accovacciò dietro il bracciolo del divano dove stava la madre.

«Mamma, ma'!»

«Ma la finite? Che così lo fate piangere di nuovo.»

E infatti il bambino ricominciò a strillare. Salvatore fece segno a suo figlio di tornare sul balcone. Dario gli si avvicinò con cautela. Si rimisero con i gomiti sul parapetto.

«Mi stai a sentire a me?»

«Eh, papà, e mo' non ti sto a sentire?»

«E allora ascolta. Va bene che don Tonino ti dà due soldi per farti la partitella. A me non mi piace, però... va buon' accussì. Ma più di questo no. Mi stai capendo?»

«Come.»

«Mi stai capendo o no?»

«Sì, sì. Ti sto capendo.»

«Sta gente nunn'ha mai fatt' buono a nisciuno. Don Tonino non è amico tuo.»

«Che dovevo fare? Gli dovevo dire di no?»

«No, no, hai fatto bene. Ti ha invitato a mangiare, ti ha pagato la pizza, a dire di no facevi lo scostumato. Però basta accussì. Tu sei figlio a me, e noi il pane ce lo abbuschiamo faticando.»

«Veramente pure Tonino fatica.»

«La fatica vera. Quella che quando la fai resti libero. Con quelle fatiche là... lo sappiamo bene come va a finire. O ti mettono i bracciali, o ti fanno 'o servizio. Tu si' 'nu guaglione intelligente, non tieni bisogno dell'elemosina di don Tonino. A posto?»

«A posto.»

«E mo' vai a durmì, che un altro poco schiara giorno.»

Dario, Rino, Giuseppe e Giovanni erano ormai i più forti calciatori di strada dell'area nord di Napoli. Veri e propri fenomeni, finanziati dal Sistema per scopi tutt'altro che agonistici, ma dotati di un talento chiaro a tutti.

La madre di Rino divenne quasi muta, con suo marito parlava solo l'essenziale e camminava per il rione con la testa bassa, dicendo poche cose ma pensandone molte. I genitori degli altri evitavano di affrontare l'argomento in maniera franca, alcuni perfino con sé stessi, come se fosse un tabù, come se una sorta di pavido pudore impedisse loro di guardare in faccia la realtà. Solo il padre di Giuseppe andava in giro a testa alta, sempre tronfio e sorridente, e quando gli davano da parlare si diceva fiero di quel suo figlio calciatore provetto che a undici anni era quasi un professionista e non aveva più bisogno di chiedere la paghetta.

Le imprese dei magnifici quattro girarono di bocca in bocca. Spesso i più sfaccendati della zona si assiepavano sui muretti a guardare le partite, conferendo verosimiglianza a quel teatrino imbastito da Porcello con il solo scopo di proteggere la propria rete di pusher. Ma giocare, per loro, era una faccenda seria, e in questo erano dei piccoli maestri. Tanto che un pomeriggio arrivò a tutti e quattro una convocazione della società Napoli Calcio per un provino nella sezione giovanile dei Pulcini. Era già quello il coronamento di un sogno. E pazienza se avrebbe richiesto qualche giorno di assenza. Nessuno, neanche Porcello, poteva impedire a quattro bambini di fare il provino per il Napoli. E infatti Tonino non ci provò neanche. Diede loro il permesso di assentarsi e li sostituì con un paio di ragazzotti svelti di gambe, dall'occhio di falco e la voce tonante, che giravano a piedi o in motorino o se ne stavano appostati sui tetti, per avvistare le pattuglie di sbirri e dare l'allarme.

Allo stadio San Paolo di Fuorigrotta, Dario, Rino, Giuseppe e Giovanni dimostrarono il proprio valore anche sul campo d'erba: giocarono tre partitelle indossando per la prima volta le scarpe con i tacchetti, la maglietta azzurra e i calzoncini bianchi.

Macinavano il campo. Ogni volta che li mettevano dentro, due tizi si avvicinavano puntualmente a bordocampo e si scambiavano fra loro chiacchiere a mezza voce, cenni d'approvazione e di tanto in tanto qualche espressione di sorpresa. Conclusosi uno degli ultimi allenamenti in programma, mentre i ragazzi erano ancora nello spogliatoio del San Paolo, uno dei due osservatori si presentò davanti al loro caseggiato. Aspettava lì, ai tavolini del baretto sotto i portici, che Tonino Porcello scendesse di casa. Era risaputo che i ragazzi appartenevano a lui, prima ancora che ai loro genitori. Ed era anche risaputo che sarebbe stato inutile, se non addirittura rischioso, parlare con le famiglie senza prima aver ottenuto il permesso da Porcello.

L'uomo, tale Vincenzo Landi, un marcantonio di quasi due metri la cui stazza più che ai trascorsi calcistici lasciava pensare a un passato nella pallacanestro, attese seduto al bar per una mezz'ora abbondante, con le gambe accavallate e il ginocchio sinistro che superava di parecchio l'altezza del tavolino. Quando Tonino si presentò con la faccia stanca e i Ray-Ban a goccia, lo salutò con fare sbrigativo. Poi si sedette anche lui, incrociando le braccia davanti al petto abbondante e floscio.

«I ragazzi ce l'hanno» disse Landi, senza che occorresse specificare il sostantivo implicito nella frase: il talento.

«E io lo so che ce l'hanno» rispose il boss «altrimenti mica ve li facevo arrivare.»

«A questo punto, se voi siete d'accordo, possiamo pure fare un passo avanti.»

«E dove volete andare, in faccia al muro?» Tonino fece cenno col mento al caseggiato che si trovava davanti a loro, poi rise da solo della propria battuta.

«Se siete d'accordo posso parlare con i genitori. Per tesserarli. Abitano tutti qua, no? Posso andare appena abbiamo finito di parlare.»

«Abitano tutti qua, sissignore» Tonino annuì senza svestire il suo sorriso, poi alzò la mano per richiamare l'attenzione del proprietario del bar, un ometto calvo che portò subito una birra stappata e un bicchiere. Giunto al tavolo, chiese anche all'altro se volesse qualcosa, ma quello fece cenno di no.

«E voi... siete d'accordo?»

Tonino rise e annuì di nuovo, come se Landi avesse fatto anche lui una battuta. Proprio in quel momento ronzarono i motorini dei ragazzi che stavano facendo i pali al posto dei quattro ragazzini.

Fecero un giro della piazzetta e ripresero il viale intorno alle palazzine.

«Pigliatevi 'nu sorso 'e bbirra, forza» chiamò il barista alzando la mano. «Nun ve facite problemi, siete ospite di Tonino Porcello. Avete visto che esterno destro che tiene 'o piccirill'?»

Tump. Rino calciò il pallone con molta forza. *Molta*, non *troppa*. Dentro di sé sapeva che Giovanni avrebbe colmato lo spazio fra il molto e il troppo con uno dei suoi scatti felini, che si sarebbe mangiato quei venti metri di terreno con la sfrontatezza di sempre e avrebbe insaccato il pallone in porta colpendolo di testa. Gliel'aveva già visto fare innumerevoli volte.

«Vai! Vai! Va'!»

E infatti così fu: mentre correva, Giovanni sapeva. Anche senza voltarsi a guardare l'amico, ascoltandone soltanto le grida, sapeva che sopra la sua testa c'era un pallone in volo. Ne conosceva perfettamente il punto di atterraggio. Quando la palla abbracciò la sua parabola discendente lo trovò in posizione. Intuizione, abitudine, telepatia. Giovanni coprì l'ultimo metro con un balzo, poi la sua nuca intercettò il pallone che schizzò verso l'incrocio dei pali lasciando il portiere avversario, un ragazzone ben piazzato con i capelli a spazzola, fermo sul posto, inebetito. Anche per oggi, l'allenamento era concluso.

Nessuno di loro sapeva che Landi era andato a parlare con Tonino Porcello e che la società fosse in procinto di tesserarli. Ci speravano, certo, ma già poter raccontare in giro di aver giocato nel campo del San Paolo era il traguardo di una giovane vita. I due osservatori stavolta non erano a bordocampo. Avevano seguito la partita da un angolo defilato, quasi senza parlare. Rino raccolse la sua borsa e vide con la coda dell'occhio che qualcuno, dalla penombra sotto gli spalti, si avvicinava a loro. Ne riconobbe subito la camminata. Non ci fu bisogno che Porcello spiegasse nulla.

«Tu, tu, tu e pure tu» disse indicandoli col dito piegato ad artiglio «è finita la pazziella.»

«Ma...» Giovanni si voltò verso l'allenatore, che però abbassò lo sguardo. Allora si voltò verso i due osservatori. «Non siamo stati bravi? Non...» Ma quei due si voltarono dall'altra parte.

«Oh!» gridò allora Tonino. «Tu, tu, tu e pure tu! Allora? Tenete le orecchie appilate?»

Lo seguirono a testa bassa. Gli altri ragazzi, impietosamente sconfitti, si misero a chiamarli.

«Guagliu', oh! Ma dove andate?»

Rino, Giovanni, Dario e Giuseppe sfilavano in una lenta processione verso quell'uomo che aveva fatto e disfatto i loro sogni perché, semplicemente, aveva il potere di farlo. Che si credeva un re perché qualcuno lo aveva messo su un trono, che si atteggiava a padreterno perché nessuno si sarebbe mai azzardato a contraddirlo. E che adesso richiamava a sé i suoi angeli calciatori perché tornassero a danzare con la palla al piede intorno a un'enorme statua di Gesù, a vegliare sulla piazza di spaccio, a salmodiare il canto amaro di una fanciullezza ipotecata: «'O pallone! 'O pallone! 'O pallone!».

I maranesi erano i rivali più acerrimi. Giovani dalla scorza dura e dalle schiene robuste, cresciuti all'ombra della tenuta di Poggio Vallesana, dove i fratelli Angelo, Ciro e Lorenzo Nuvoletta sedevano a tavola con i boss di Cosa Nostra, i ragazzi di Marano non si facevano scrupoli a slogare caviglie e a menare spallate come veri rugbisti.

La partita era iniziata da poco, e già Rino aveva una caviglia dolorante, Giuseppe un taglio sul sopracciglio per via di una testata presa durante un salto sotto porta. Rino salì sul basamento della statua per fare una rimessa laterale, il pallone finì dritto sul piede destro di Giuseppe, ma subito uno dei maranesi gli piombò addosso e lo fece cascare.

«Oh, chella cessa 'e mammeta!» urlò Giuseppe, ancora a terra.

«'O sce', non spostare con la bocca!» gli fece l'altro, avvicinandosi minacciosamente.

«È fallo!»

«Sì, ma io però agge mis"e mamme 'n mmiez'?»

«Ma mi hai fatto una paliata!»

«Vabbuo', ma però ho messo in mezzo le mamme?»

Arrivò uno degli adulti che aiutò Giuseppe a tirarsi su, poi si frappose tra i due litiganti perché non finisse tutto in una rissa.

«'O guaglione tiene ragione, è fallo» disse al maranese. «E tiene ragione pure lui» fece poi guardando Giuseppe. «Non fare lo scostumato con la bocca.» Giuseppe sputò a terra, si riaggiustò i capelli e si preparò a calciare la punizione. Ma arrivò Dario.

«Fai fà a me.»

Gli altri non ebbero nulla da ridire. Il tizio che aveva buttato a terra Giuseppe gli si piazzò davanti per fare barriera. Dario fece un mezzo passo indietro, guardò Rino, più avanti, come se volesse calciare verso di lui, ma invece colpì il maranese in pieno petto. La palla rimbalzò, smorzata solo a metà, e prima che l'avversario capisse cosa stava accadendo Dario riprese il pallone e si lanciò in una corsa furiosa verso la porta della squadra rivale. Un difensore tentò di bloccarlo, ma lui gli fece passare il pallone fra le gambe e continuò a correre.

«Vai! Vai! Va'!» gridava Giovanni. Sul muretto intorno allo slargo stavano seduti tutti i ragazzi del quartiere, una mezza dozzina di adulti e, da solo, con le gambe larghe e le braccia incrociate davanti al petto, Tonino Porcello. Il risultato era di 2 a 1 per i maranesi, restavano pochi minuti per rimediare. Gli spettatori cominciarono anche loro a gridare: «Vai, Dario, vai!», travolti dalla leggiadria di quell'azione.

Ormai davanti a Dario erano rimasti soltanto un difensore e il portiere, uscito fuori da pali. In quel momento, a pochi passi dalla porta, fu scosso da un impeto d'ispirazione. Avrebbe fatto esattamente ciò che aveva visto fare pochi giorni prima in Atalanta-Juventus all'attaccante brasiliano Evair. Il nerazzurro, un tenero mascalzone alto un metro e novanta che faceva coppia fissa con Caniggia, aveva dribblato tutta la difesa ed era andato direttamente in gol scatenando l'applauso furioso dei tifosi atalantini. Dario gli somigliava persino a Evair. Si fermò per un rapidissimo istante, giusto il tempo di registrare la posizione del difensore e del portiere, quindi riprese a correre con un cambio brusco di traiettoria. L'avversario tentò una scivolata sbucciandosi un ginocchio, ma fu inutile. Dario era già oltre. Fra lui e la porta, adesso, c'era solo il portiere e, nelle orecchie, il battito del cuore che galoppava, carico di tutta l'adrenalina della giovinezza, che non corrisponde a un'età anagrafica ma all'istante in cui il corpo supera i suoi limiti grazie alla libertà dello spirito. Mentre il suo piede correva in mezzo alla polvere incollato al pallone, Dario era il più forte perché il suo cuore era puro, spalancato all'estasi del gioco.

«Vai, Dario, vai!» gridavano dal muretto, tutti in piedi ad agitare le braccia, a dimenarsi come panni stesi all'aria in una sera di libeccio.

«Vai! Vai! Va'!» gridavano Rino, Giuseppe e Giovanni. Dario rallentò, lui e il portiere si scrutarono con odio. Era rimasto fra loro non più di un metro e mezzo. Non si accorse dell'auto della polizia che si avvicinava al caseggiato. Né della prima, né della seconda, che la seguiva a pochi metri. Non si accorse neanche delle grida: «'O pallone! 'O pallone!» che arrivavano dai suoi compagni di squadra e che si confondevano con quelle provenienti dagli spettatori. I quali, adesso, gridavano anche loro: «'O pallone! 'O pallone!».

Nel parapiglia generale, i ragazzini iniziarono a scappare e urlare, terrorizzati, perché Dario non si decideva a lanciare il pallone innescando il consueto meccanismo d'allarme.

«Dario, 'o pallone!» gli gridavano gli amici «votta stu pallone!» Ma lui, nulla.

Presero allora a correre verso i portici, poi verso le palazzine, urlando «'O pallone! 'O pallone », provando a rimediare alla défaillance dell'amico che adesso stava imbambolato davanti alla porta, da solo, senza neanche più il portiere avversario. Ma non servì a nulla. Un rituale imperfetto è un rituale vano, e tale fu quello a cui Tonino Porcello assistette impotente, mentre Dario, ormai solo davanti alla porta, svogliatamente calciava il Super Santos facendogli appena superare i pali e sussurrando fra i denti, con lo sguardo basso, una parola che nessuno udì: «Gol».

Il fuggi-fuggi dei pusher partì sfasato, le buche, le cassette, le intercapedini in cui nascondere la roba si spalancarono goffamente, il grido d'allarme dato senza che ci fosse alcun pallone da recuperare – ma, anzi, mentre il pallone era ancora fermo sul campo – non fece altro che aizzare gli sbirri attirandoli dentro il fortino. I ragazzi furono tutti identificati. La polizia arrestò diversi pusher, bloccò alcune donne che cercavano invano di nascondere centinaia di bustine di coca. La fortezza fu espugnata. Il regno di Tonino fu preso. Almeno per un giorno.

Dario fu convocato la sera stessa. Lo andarono a prendere a casa. Suo padre, all'uomo di Porcello che lo reclamava alla porta, disse solo: «Non fategli troppo male. Mi hanno detto quello che ha fatto… Ma è guaglione, deve ancora crescere».

Sua moglie Teresa stava dietro di lui con una mano poggiata sul cuore. Sapevano entrambi che non avrebbe potuto fare né ottenere di più. Le cose andavano così: comandavano loro, e quando loro decidevano, bisognava starci. Punto. Anche quando decidevano per i figli degli altri.

Lo portarono davanti a Tonino Porcello. Dario era come intirizzito, non aveva neanche il coraggio di muovere la lingua in bocca.

«Pecché? Pecché non hai urlato? Pecché non hai menato 'o pallone? Che r'è, t'eri mangiato la lingua, dici, ti sei venduto? Che è stato, volevi più soldi?»

«Era troppo bella l'azione che stavo facendo…» Dario si toccava i capelli a spazzola e guardava per terra.

«*Troppo bella*?! Ma che cazzo stai ricenn'? Lanciare il pallone e urlare, questo dovevi fare. Perché non l'hai fatto? Voglio sapè 'a verità.»

«Era troppo bella l'azione. Mi dispiaceva che finiva così, con un senza niente...»

«Un *senza niente*… Ma tu veramente vuoi fare il calciatore coi soldi miei? Il capocannoniere della Serie A è arrivato... non poteva non finire l'azione, l'attaccante! Si' sul' 'nu strunzill', e io cchiù strunz"e te che t'agge pigliato.»

Porcello gli mollò un manrovescio lasciandogli sulla guancia il segno del suo anello.

Dario barcollò ma non arretrò di un passo. Sentiva in bocca il sapore del ferro, e lungo la schiena un sudore freddo, così diverso da quello che inzuppava le magliette a fine partita.

Per i ragazzi, fare da pali significava poter vivere giocando a pallone. Per il clan, giocare a pallone significava poter vivere mentre i ragazzi facevano da pali. Un meccanismo che avrebbe retto all'infinito, se l'unica condizione necessaria fosse stata rispettata: l'assenza totale di ogni ulteriore ambizione. L'assenza di un sogno. Vivere senza mai tendere l'arco. Senza mai neanche lontanamente pensare di scoccare la freccia. Mai.

A dodici anni, però, si vive guardando in alto. Ogni raggio di luce, in quella terra bagnata dal sole, è una pertica per il paradiso. Occorre del tempo, prima di rinunciarvi. Maturità. Anzi: rassegnazione.

Il giorno della cacciata fu triste e silenzioso. Salvatore e Dario, padre e figlio, prendevano scatoloni pieni di vestiti e oggetti vari dall'appartamento, li trascinavano fino all'ascensore, poi camminavano con gli occhi bassi nel cortile del caseggiato portandoli in due, caricandoli sulla schiena, spingendoli fino alla macchina parcheggiata sotto i portici. Tutti guardavano, tutti sapevano, nessuno apriva bocca.

Quando l'auto fu talmente carica che da nessun finestrino, tranne che dal parabrezza, era più possibile vedere la strada, Teresa scese di casa con il bambino in braccio e si ricavò a fatica uno spazio sul sedile di fianco a quello del marito. Dario, di dietro, si stese sopra un paio di scatoloni. L'auto partì.

Giuseppe, Rino e Giovanni, la guardarono insieme agli altri scomparire lungo il vialone che costeggiava i palazzi e girava intorno al vecchio ufficio postale. Nemmeno loro dissero nulla.

Tonino era seduto sul muretto a fumare e a godersi la scena.

Fu chiaro a tutti, dopo l'incidente di Dario, che il meccanismo si era rotto. Che nulla sarebbe più stato come prima. D'altronde anche a Rino, Giuseppe e Giovanni, i pochi spiccioli che Tonino aveva dato fino a quel momento per giocare a pallone non bastavano più. La soluzione arrivò proprio dal boss. Basta partitelle, basta *strunzate*, era arrivato il momento di fare una scelta. O dentro, o fuori. Il Sistema – questo era il vero nome di quell'agglomerato mafioso che i giornalisti continuavano a chiamare "camorra" – aveva bisogno di nuove leve, di giovani svelti di mente e di mani. Proprio come il Napoli Calcio, anche il Sistema reclutava i propri pulcini. E seguendo un copione che da decenni ammetteva ben poche deroghe, Rino, Giovanni e Giuseppe smisero di giocare. Non avrebbero più inseguito un Super Santos. Non avrebbero più urlato «'O pallone!». Quella ispirata da Evair, la partita che infiammò il rione come se fossero gli spalti del San Paolo, fu l'ultima che giocarono tra loro. Ormai erano cresciuti, potevano fare altro. Dovevano fare altro.

Così la favola si concluse, ma con uno strano finale, un epilogo amaro che iniziò a ripetersi uguale ogni giorno: quando Rino, Giuseppe e Giovanni attraversavano la piazzetta, la vedevano popolata da nuovi calciatori provetti, assai meno talentuosi ma con la stessa energia frenetica e spigliata, la stessa fame, e quella voglia di abbattere a pallonate l'ombra inafferrabile di qualcosa, un presentimento o forse una iattura.

Certe mattine, nella piazzetta, c'era un caldo afoso e i motorini disegnavano imprevedibili traiettorie sul cemento scuro, le pallonate rimbombavano contro i muretti o sulle colonne del porticato, e dallo slargo che molte volte era stato arena di asprissime battaglie si levavano urla che però adesso suonavano sinistre: «Vai! Vai! Va'!», e loro, i tre del gruppo che erano rimasti, stavano lì per un attimo, soltanto un attimo, ad ascoltare i fantasmi di sé stessi, ancora vivi, ma già morti, prima d'incamminarsi verso le faccende quotidiane.

Dario era un capitolo chiuso. Scomunicato ed espulso, marchiato per sempre d'inaffidabilità, per certi versi graziato, si era trasferito altrove con la sua famiglia. Nessuno lo sentiva più, e se qualcuno lo faceva era di nascosto, con pudore circospetto, come a mettersi le dita nel naso. Dario si era macchiato del peccato più osceno, quello di addormentarsi in trincea; sognando, perfino.

Si trasferirono nel quartiere di Soccavo, non troppo lontano dallo stadio San Paolo dove Dario, insieme ai suoi amici, aveva sostenuto i provini per le giovani leve del Napoli Calcio. Il nuovo appartamento era al piano ammezzato di una vecchia e immensa palazzina i cui posti auto, nelle domeniche in cui c'era la partita e le strade venivano invase dai tifosi, erano requisiti dai parcheggiatori abusivi. Alle famiglie dei residenti venivano offerti pochi spiccioli per andare a parcheggiare la propria macchina dall'altra parte della città e ritornarsene a casa propria in metropolitana. L'offerta non era negoziabile.

Salvatore riuscì a conservare il proprio lavoro da cameriere, pur facendo adesso il doppio della fatica per andare e tornare dal ristorante.

Nessuno, per diverso tempo, ebbe più notizie di Dario né della sua famiglia.

Tranne Giovanni. Restò un segreto, la telefonata che fece una sera in cui i suoi genitori erano andati a cena da una zia e lui si accostò con timore al telefono di casa, sollevò la cornetta e compose il numero di Dario. Era riuscito a ottenerlo dal proprietario del ristorante dove lavorava Salvatore, che era stato informato del trasferimento ma non dei motivi che avevano costretto la sua famiglia a cambiare quartiere. «Si è dimenticato certe cose nella vecchia casa» gli aveva detto Giovanni, tornandosene poi con un bigliettino stropicciato e una speranza mal riposta.

Teresa, la madre di Dario, rispose dopo alcuni squilli durante i quali Giovanni non aveva mai smesso di tormentarsi i riccioli neri.

«Buonasera, c'è Dario?»

«Chi lo vuole?»

«Marco. Sono un compagno di classe.»

Dario era arrivato dopo qualche mormorio fra lui e la madre. Non conoscendo nessun Marco, aveva risposto con voce perplessa.

«Pronto...»

«Ué, Dario. So' Giovanni. Tutto a posto?»

«Giovanni?»

«Eh. Giovanni.»

Dario era rimasto in silenzio per qualche attimo.

«Io non tengo nessuna voglia di sentirvi.»

«E perché? Mo' non siamo più compagni?»

«Perché? Tu veramente stai facendo?»

«Eh, Dariu', noi non teniamo nessuna colpa per quello che è successo.»

«Non avete detto una parola. Non avete fatto niente.»

In sottofondo, la voce di Teresa chiedeva: «Ma chi è? Con chi stai parlando?». Dario borbottò qualcosa per allontanarla, poi tornò alla cornetta.

«Non avete fatto proprio 'nu cazzo» sibilò con rabbia.

«Che potevamo fare noi? Rino ha detto pure "diamogli una mano coi pacchi", ma appena si è mosso Tonino gli ha fatto segno di starsi fermo. Ci dovevamo appiccicare con lui?»

Dario rimase in silenzio, poi mormorò: «Io non...» ma non riuscì a proseguire. Alla fine disse: «Ma chi ti ha dato il numero? Non chiamare più».

«Dario, e jamm'. Ma che so' ste cose, mo' per una...»

«Non dovete chiamare più.»

Eppure Giovanni ebbe l'impressione di avvertire un tremolio nella sua voce. Nonostante la sua giovane età, capì che in quel rifiuto c'era qualcosa di più, qualcosa che andava oltre la rabbia nei confronti di loro tre e che riguardava invece l'onta subita, la vergogna di aver abbandonato il rione con il capo chino, di aver visto suo padre sconfitto e calpestato. Umiliato davanti alla propria famiglia.

Da quel giorno, in effetti, Salvatore era cambiato. Era molto più riflessivo. Parlava meno e trascorreva ore, quand'era a casa, a guardarsi le dita delle mani senza emettere un fiato. Per questo Dario voleva dimenticare. E ora nessuno più poteva negargli il diritto di farlo.

Non parlarono più di Dario. Il suo nome era diventato un oggetto tagliente che nessuno voleva più maneggiare. Forse anche Rino e Giuseppe provarono a telefonargli ma, proprio come Giovanni, non dissero nulla. Fino al giorno dell'esame di terza media, quando una vecchia prof di matematica che aveva fatto da supplente per qualche mese nella loro classe li trovò a poltrire fuori dall'aula, sopra il banco del bidello al centro del corridoio, e gli domandò: «Ma voi non stavate sempre in quattro? Non c'era un altro ragazzo con voi?».

Giovanni, Rino e Giuseppe si guardarono.

Poi Rino disse: «Si è trasferito».

Rientrarono in aula. Per tutta la durata dell'esame non ci fu un solo sguardo fra loro che non sottintendesse il ricordo di Dario. Ogni occhiata segnalava un vuoto, ogni parola non detta rappresentava il dolore necessario di archiviare il volto dell'amico nel cassone dei ricordi più dolenti. Forse fu un bene per l'esito dell'esame, perché a nessuno di loro, fino alla fine della prova, venne più voglia di ridere o di perdere tempo.

Qualche anno più tardi, quando i capelli di Rino erano cresciuti e lui aveva preso l'abitudine di tenerli legati in una coda, Giuseppe aveva messo incinta una ragazza poco più giovane di lui e tutti e tre avevano ottenuto la patente senza neanche fare una guida, ciascuno di loro fu svegliato da una telefonata nel cuore della notte. Dovevano partire per Brescia, immediatamente. Dopo quel giorno in cui avevano lasciato andar via Dario senza nemmeno poterlo salutare, avevano imparato a obbedire senza emozioni: così anche stavolta si vestirono con gli occhi ancora pieni di sonno, presero un caffè veloce e in meno di un'ora erano in viaggio senza che nessuno avesse ancora capito il perché.

Giovanni, scheletrico e nodoso, Giuseppe, che per qualche strano vezzo guidava con i guanti che un tempo usava da portiere, e Rino, sovrappeso e con la coda di cavallo impiastricciata di gel.

Si ritrovarono lì tutti e tre, spalla a spalla, e sembrava che non fosse passato un solo giorno dalle partite per strada. In quegli anni avevano continuato a frequentarsi, si vedevano di tanto in tanto, ma poi ognuno veniva chiamato inesorabilmente ai propri compiti, un'*ambasciata* a un negoziante indietro coi pagamenti, un contatto da stringere con qualche nuovo fornitore, un sopralluogo su un cantiere, o comunque quello che capitava. Il loro capo non era più Porcello, rispondevano ai vari capizona, perfettamente inseriti nei ranghi del Sistema. La squadra di un tempo non esisteva più. Ora ognuno faceva per sé e per i suoi.

Così fu strano ritrovarsi fianco a fianco. Strano e malinconico: forse anche perché a convocarli a Brescia, questa volta, era stato Porcello: come ai tempi del Super Santos. Il redivivo Porcello, che viaggiava molto e sbrigava affari in giro per lo Stivale, un giorno a Roma, l'altro a Milano, l'altro ancora a Catanzaro.

Viaggiarono in silenzio, facendo i turni per guidare e per dormire stravaccati sui sedili, poi quando era già giorno inoltrato si trovarono nella hall di un albergo alle porte di Brescia, dove Porcello stava recuperando i suoi documenti alla reception. Fu in quel momento che seppero che "Porcello" non era un soprannome. Sulla carta d'identità c'era scritto proprio *Antonio Porcello*. Tutti lo avevano sempre chiamato 'o Porcello, e in terra di soprannomi mai avrebbero pensato che quello fosse davvero il suo cognome – che tra l'altro a quel viso e a quel naso si addiceva perfettamente.

Li invitò a sedersi intorno al tavolo del bar dell'hotel e provò a fargli qualche domanda su come stavano. Finse persino di ricordarsi di quando erano ragazzini.

«Ne è passato di tempo da quando vi presi tutti e sei a fare i guagliuncelli col pallone.»

«Eravamo quattro» disse Giovanni.

«Ah, quattro, sì… Chi c'era? Tu, Ciro, quell'altro… quello bravo. Tu eri forte, dovevi giocare nei Pulcini del Napoli… sì, mi ricordo.»

Avevano capito che si riferiva a chissà chi altro, lui stesso si sentiva patetico, confondeva i nomi, sbagliava le date e i quartieri. Aveva avuto molti ragazzini come pali, poi diventati affiliati: Giovanni, Giuseppe e Rino erano parte di questo esercito, ma tentava pietosamente, Porcello, di far credere che loro fossero i suoi preferiti.

Dopo un po' di convenevoli, motivati da quel minimo rispetto da tributarsi a degli uomini adulti, arrivò dritto al punto.

Lo Scioffèr stava massaggiandosi il piede dolorante per il calcio appena tirato alla poltrona che aveva di fronte, quando il telefono cominciò a squillargli nella tasca del giubbotto. La poltrona era vuota, come un buon terzo degli altri posti in tribuna d'onore allo stadio Bentegodi di Verona. La Juve aveva segnato due reti – Ferrara al diciottesimo, più un'autorete di Moro all'inizio del secondo tempo – ma il Chievo sembrava adesso, al cinquantanovesimo minuto, rialzare la testa con un gol di Marazzina.

«Cazzo!» sbottò lo Scioffèr. «Ma che cazzo!»

Tirò un altro calcio allo schienale della poltrona vuota davanti a lui. Si accorse del telefono che gli squillava in tasca soltanto alla terza chiamata consecutiva. Prese il cellulare con stizza, mentre ancora lo stadio, gremito di tifosi, sussultava per la rete della squadra di casa. Poggiò il pollice sul tasto con la cornetta rossa, ma si bloccò quando vide il nome di chi lo stava chiamando. Schiacciò la cornetta verde e con l'altra mano si coprì l'orecchio sinistro.

«Don Ciccio, buongiorno. Sì, sì… Eh, sto allo stadio. Eh, sì, proprio mo' hanno segnato, sti bastardi. Ma mo' vedete che i ragazzi li arravogliano, li fanno nuovi nuovi. Ditemi tutto, don Ciccio. Sì, come no. A disposizione. Quando volete voi.»

Si videro in una terra brulla, un boschetto mezzo spoglio che dava su un fiumiciattolo. Lì accanto, adombrato da quella manciata di alberi, c'era un piccolo gabbiotto che una volta doveva ospitare uno chalet.

Il boss lo aspettava seduto su una delle sedie di plastica rossa bruciate dal sole e sparpagliate a caso intorno al chiosco. Teneva le gambe sollevate, i piedi poggiati su un'altra sediolina, e guardava quel misero rigagnolo d'acqua attraversare la campagna accompagnato da immondizie varie, bottiglie e incarti di vecchi pic-nic infossati su entrambe le rive.

Quando vide arrivare lo Scioffèr, il boss non si alzò dalla sedia. Alzò un braccio e lo salutò con un cenno distratto. Poi gli indicò una delle sedie vuote. 'O Scioffèr si sedette, si passò una mano fra i capelli radi e accavallò le gambe. La saracinesca dello chalet era calata, ma il boss teneva su un tavolino a mezzo metro da lui un paio di birre stappate.

«Pìgliate 'na birra, va'.» Gli indicò la porticina laterale del gabbiotto, da cui pendeva una grossa catena con un lucchetto aperto. Sul tavolo, di fianco alle bottiglie, c'era un mazzo di chiavi colorate.

«Vi ringrazio, don Ciccio, ma non bevo.»

«E pìgliate 'na Coca-Cola, 'nu bittèr, quello che vuoi. Piglia, piglia.»

«Ah...» Lo Scioffèr si alzò. «Va bene, una Coca-Cola la bevo volentieri.»

«Ma come parli, guaglio'? Mi pari 'nu milanese. Ti piacciono ancora 'e femm'n', sì?»

«Ah, ah... Sì. Purtroppo sì.» Entrò nel gabbiotto e ne uscì qualche attimo dopo con in mano una lattina coperta di brina. Si sedette e la stappò tirando la linguetta.

Rimasero a guardarsi per un po'. Lo Scioffèr lanciò qualche occhiata intorno a sé. Avrebbe voluto fare un commento su quel misero boschetto, un qualche cenno di apprezzamento per l'ospitalità, ma guardando gli alberi spogli e il fiumiciattolo lordo, le chiazze d'erba che affioravano dal terreno come squallidi ciuffi di peli, non gli venne nulla che non suonasse falso.

«Ogni tanto torno qua» disse il boss. «Mi rilasso. Mi metto a guardare il fiume, mi bevo un paio di birre. Ci porto pure qualche femmina.» Prese una bottiglia e mandò giù una sorsata. Gettò lo sguardo oltre la sedia dello Scioffèr, verso il fiumiciattolo. «Io è da qua che vengo, da dentro alle terre. Mi dovrei mettere scuorno?»

«No, e perché?»

«Papà andava sempre girando, vendeva i giubbotti. Germania, Polonia, Londra... Si abbuscava due soldi a modo suo. Ogni tanto gli capitava qualche stecca di Marlbòro... E insomma, s'abbuscava 'a pagnotta. Mammà cuciva le pelli. Tenevamo pure due maiali e qualche gallinella.» Bevve un altro sorso di birra. Sollevò gli occhi verso il cielo. «Mammà...» disse con aria sognante. «Io non me lo voglio mai dimenticare da dove vengo. E tu?»

«No. No, per carità.»

«Tu te lo sei scordato da dove vieni, Scioffèr?»

«No.»

«Sta bene. Sta bene.» Sollevò la bottiglia ma vide che era vuota. «Pìgliati un'altra Coca-Cola, va'. Stai facendo i complimenti.»

«Vi ringrazio, sto bene accussì.»

«E allora pigliammell' a me 'na birra, famme stu piacere.»

Lo Scioffèr tornò nel gabbiotto e ne uscì con due bottiglie di Heineken che poggiò sul tavolo accanto al boss.

«Scusate, l'apribottiglie sta là dentro?»

«Eh, l'apribottiglie! Ma allora veramente te si' fatto ricchione?»

Lo Scioffèr rise nervosamente.

«Fai vedere, Scioffèr, lo tieni ancora il pesce?»

«Ah ah ah…»

«L'apribottiglie… 'nz.» Don Ciccio scosse la testa con uno scatto, come per un brivido improvviso. Le guance grasse ballonzolarono come lenzuola al vento. Si massaggiò la pancia che tendeva la maglietta come un enorme Super Santos nel suo retino di plastica. Morse il tappo della bottiglia e lo strappò via con i denti.

«Tengo bisogno di una mano, Scioffèr.»

«A disposizione, don Ciccio. Per quello che posso fare.»

«Che è, già metti le mani davanti? Tu puoi fare tutto, lo so che sei cresciuto. Mo' sei uno che muove le cose… Ti stanno a sentire.»

«Insomma…»

«Hai visto che belli denti che tengo, Scioffèr? Ci apro le bottiglie, ci potrei mangiare pure a 'nu dinosauro cu sti denti.» Il boss mostrò in un finto sorriso i suoi denti grossi e bianchi. Lo Scioffèr annuì, non sapendo che dire. «Il cuore, però...» Il boss si colpì tre volte il petto con la mano destra. «Il cuore non è accussì forte. M'ha tradito, stu bastardo. Mi sta facendo 'o servizio.»

«In che senso, don Ciccio?» Lo Scioffèr poggiò i gomiti sulle ginocchia e si sporse verso il boss.

«So' malato, Scioffèr», disse dopo una lunga pausa. «Mi serve un cuore nuovo.»

«Mi dispiace, mi... Che posso fare, don Ciccio? Se c'è qualcosa...»

«E certo che c'è qualcosa. Sennò perché ti avevo chiamato, per guardarci stu cesso?» Alzò un braccio verso il rigagnolo d'acqua. «Mi serve un cuore nuovo.»

«E voi... avete fatto richiesta per un trapianto?»

«Sèè, sèè.»

«E che vi hanno detto?»

«E che m'hanno detto, Scioffèr, che m'hanno detto.» Il boss buttò giù con un sorso una delle birre, poi soffocò un rutto e si pulì il muso con il dorso della mano. «Mi stanno portando per vicoli e vicarielli, le visite, le analisi, le pratiche, la lista d'attesa... Solo che io non posso aspettare. Mi serve un cuore. Devo pompare sangue, sta pompa non serve più», si diede altri colpi sul petto.

«E però meglio funziona la pompa, più aiuta la circolazione. Io per esempio vorrei fare circolare un po' di soldi in una squadretta di Serie B che ho visto qualche giorno fa, 'na bella squadretta, promettente. Te ne potresti occupare tu, facciamo un bell'acquisto, una provvigione, una cosa fatta bene. A mestiere. Però cu sta schifezza che tengo adesso dentro…»

«Ma io, io come posso aiutarvi, don Ciccio?»

«Mi devi trovare un cuore, guaglio'. E devi fare pure presto pecché 'o tiemp' è poco.»

«Che?»

«Un cuore. Noi italiani siamo gente di cuore, vuoi vedere che non ce ne sta uno per me? Chiama a qualcuno che conosci tu e fammi fare sta sfaccimma di operazione.»

«Ma io…»

«Che è, Scioffèr» il boss tolse i piedi dalla sedia, li poggiò a terra e si mise anche lui con i gomiti sulle ginocchia, «non lo puoi fare?»

Lo Scioffèr spalancò le braccia.

«È che non so come… Cioè… Io che posso…?»

«Eeeh, *cioè*, *non so*, *come faccio*, 'a maronna e tutti i santi.» Il boss si mise una mano in tasca e ne tirò fuori un mucchio di fogli piegati in quattro. Li porse allo Scioffèr.

«Tie'. Questi sono i documenti. Deve essere compatibile.»

«Sì, ma io, don Ciccio, io veramente non...» Aprì i fogli e diede un'occhiata ai dati dei referti. «Cioè, con tutto il bene...» Sventolò i fogli, preoccupato e impotente. «Io...»

«Che è, Scioffèr, non lo puoi fare? E va buon', jamm'. Agge capit'.» Gli fece segno di ridargli i fogli. «Se non lo puoi fare nun te preoccupà.» Rimise i piedi sulla sedia e si ricacciò i fogli in tasca. Scosse la testa con indifferenza. «Nun te preoccupà» ripeté.

Lo Scioffèr però aveva lo sguardo perso nel vuoto.

«Vuol dire che ci siamo bevuti due birre, ci siamo visti sta schifezza» indicò il fiume, «e agge fatt' la figura dello stronzo. O no, Scioffèr? Agge fatt' o no 'a figura d''o strunz'?»

«Aspettate un attimo...» Gli occhi dello Scioffèr erano sospesi a mezz'aria, puntati verso un mucchietto di alberi ricurvi, con i tronchi butterati come le gambe di un lebbroso.

«Nun te preoccupà. Vaì, Scioffèr, vattenn'. Mi ha fatto piacere.»

«Forse ho un'idea, don Ciccio. Ridatemi quei fogli, per favore.»

«Bisogna scortare un cuore» disse Porcello. «Lo dovete fare voi. E lo dovete portare qua.» Infilò un biglietto nella tasca di Giovanni con tale forza che rischiò di tirargli giù i pantaloni.

«Scortare che?» disse Giuseppe.

«Un cuore, avete capito bene...»

«Oh, Porcello, ma quanta cocaina vi siete tirato? Scortare un cuore! Ma che cazzo vuol dire?»

«Vuol dire che adesso ascolti quello che ti devo dire e capisci. Ignorante eri e ignorante rimani. Statt' zitt' e stammi a sentire...»

I tre rimasero in silenzio. Porcello si sedette. Sudava e agitava forte il piede che teneva accavallato sulla gamba. Avrebbero dovuto scortare un cuore da trapiantare. Il cuore di un ragazzo da ricucire nel petto malandato di un boss, Francesco Guardascione, uno dei padrini più spietati del Vesuviano. Guardascione attendeva il cuore da tempo, e ora finalmente era riuscito a scavalcare la lista d'attesa. Ma le circostanze stesse in cui l'organo stava per essere espiantato, senza alcun inserimento nel database ufficiale, senza alcuna schedatura, solo con un referto di compatibilità privo di firma, come se non fosse mai uscito dal petto del donatore, rendevano tutto terribilmente precario.

«Sta cacato sotto che bloccano il cuore che deve arrivare nell'ospedale dove lo operano...»

«Ma cacato sotto di che, scusate?» provò a chiedere Rino aggiustandosi la coda con gesti nervosi.

«Cacato sotto, 'o capello', nunn'è chiaro? Che gli fermano la macchina con il cuore e la borsa termica. Se aprono la borsa, il cuore marcisce e lui non campa più... Se gli sbirri trovano il cuore, lo sequestrano e lui non campa più. Se passa troppo tempo, il cuore diventa vecchio e lui non campa più. Mo' avete capito? Ignoranti eravate, ignoranti siete...»

La notizia sulle precarie condizioni di salute di Guardascione circolava, ed erano in molti a volerlo morto. Così lui aveva bisogno di sicurezza, voleva che quel cuore miracolosamente compatibile con il suo fosse scortato. Per questo si era rivolto ai secondiglianesi. Così Porcello aveva convocato i *suoi* ragazzi.

Quando a sua volta Porcello era stato svegliato dalla telefonata in cui gli dicevano che l'organo era stato individuato, aveva anche scoperto che il cuore da donare a Guardascione proveniva da un giovane calciatore di una squadra del Nord nato e cresciuto nel quartiere napoletano del Pallonetto, Enzo Merolla. Un difensore centrale che anni prima aveva militato qualche tempo nel Napoli lasciando di sé un ottimo ricordo. Prima che un TIR travolgesse la sua auto mentre stava tornando a casa, erano solo i tifosi bresciani e i napoletani a conoscerlo. I secondi, soprattutto, erano molto attaccati a quello scugnizzo nato in una famiglia di disgraziati, che da bambino correva per il quartiere sempre con un Super Santos fra i piedi e che si era imposto nel professionismo nazionale poco più che ventenne.

Era elegante, Merolla. Un giocatore perbene. Uno di quelli che lavorano senza falli, attento su ogni palla. Uno di quelli di cui nessuno, fra gli appassionati meno accorti, si sarebbe mai ricordato. Perché i difensori devono spaccare le ossa, farsi espellere, tranciare i piedi in silenzio, senza troppo dare nell'occhio. Ci sono calciatori che sembrano giocare come se stessero alla catena di montaggio, lì in mezzo al campo a fare il proprio dovere, avanti e indietro. Terrorizzati dall'idea di finire fuori rosa, di essere cacciati, prestati a qualche serie minore a otto ore di treno da casa.

Merolla stava ritornando dalla famiglia, pochi giorni prima, quando un trattore con rimorchio si era spostato bruscamente da una corsia all'altra urtando un furgone. Il furgone era stato costretto a sterzare di colpo invadendo la corsia di sorpasso. Era lì, sulla corsia di sorpasso, che si trovava l'auto di Enzo. L'utilitaria era stata spinta contro l'autoarticolato, il suo muso si era infilato sotto il camion che l'aveva trascinata così per qualche metro, agganciata a lui, scagliandola poi contro il guardrail. L'autista del camion era fuggito via senza neanche fermarsi per capire cosa fosse accaduto agli occupanti delle due auto coinvolte nell'incidente, poi era stato rintracciato all'uscita autostradale di Brescia grazie alle testimonianze di altri autisti.

Enzo Merolla non sarebbe mai più tornato a casa da sua e moglie e dal suo bambino. Era da loro che stava andando, non a giocare: dalla partita che stava per disputarsi, Parma-Brescia, era stato squalificato. A giocare la semifinale di Coppa Italia sarebbero stati solo i suoi compagni. I capitani delle due squadre ricevettero la notizia del suo incidente e la comunicarono agli altri. Nessuno se la sentì di scendere in campo. I telecronisti diedero la notizia in diretta TV, e fu così che la famiglia di

Enzo, all'oscuro di tutto, che attendeva la partita, seppe dell'incidente.

Ma Enzo non morì subito. Fu *stabilizzato*, secondo i bollettini medici. Ben presto, però, divenne chiaro che le sue funzioni cerebrali erano assenti, il midollo spinale era stato leso irreparabilmente e non rimaneva che attendere che il cuore cessasse i suoi battiti. Fu allora che la moglie testimoniò della volontà di Enzo di donare i propri organi se mai se ne fosse presentata l'occasione, e autorizzò l'espianto. Non sapendo che la sventura dell'uomo che amava sarebbe stata invece un colossale colpo di fortuna per Guardascione.

Porcello spiegò dunque ai suoi tre scudieri che nel giro di poche ore quel cuore sarebbe stato disponibile, e che allora avrebbero avuto un tempo brevissimo per consegnarlo a Roma. Avrebbero dovuto correre e non fermarsi mai: per questo aveva scelto loro, sapeva che quando gli dava un ordine lo eseguivano senza voltarsi indietro. Nemmeno se sul campo rimaneva un amico.

«Manco se la Madonna in persona vi ferma a un posto di blocco.»

La mattina dopo, in hotel arrivò una grossa scatola. Un pacco dall'aspetto anonimo che avrebbe potuto contenere piatti, elettrodomestici, capi d'abbigliamento. Dentro, invece, c'era la borsa termica.

I tre s'infilarono con due pistole Beretta e una vecchia Luger nella Volvo che gli aveva dato Tonino Porcello. La squadra si era ricomposta. Rino che guidava, al suo fianco Giovanni e dietro Giuseppe a mantenere l'enorme borsa termica che occupava mezzo sedile.

Il viaggio iniziò con un lungo silenzio che si protrasse fino all'imbocco dell'autostrada Milano-Napoli. La radio gracchiava una hit di Tiziano Ferro, perdendo ogni tanto la sintonia e ritrovandola poco dopo.

Rino abbassò bruscamente il volume della radio. Gli altri due lo guardarono senza capire.

«Che r'è, Rinu'?» domandò Giuseppe dal sedile posteriore. Senza rispondere, Rino diede un colpo di sterzo e s'infilò in una piazzola di sosta. Nella virata, Giovanni batté la tempia contro il finestrino. «Ch'è stato, mannaggia la morte!» disse.

Rino spense il motore.

«Oh, ma che r'è?!» Giuseppe afferrò la Luger

sotto il sedile. Guardò nel lunotto posteriore, ma nessuno li stava seguendo.

Rino, in silenzio, si fissava le cosce. Poi si decise a parlare.

«Guagliu', ma che stiamo facendo?»

«Eh?»

«Che cazzo stiamo facendo?» Si voltò a guardare prima Giovanni, poi Giuseppe.

«Quello che c'ha detto 'o Puorc'. Questo stiamo facendo.» Era così che chiamavano fra loro Tonino Porcello, il Porco.

«Cioè, stiamo portando il cuore di un innocente a Ciccio Guardascione. Quella latrina. Guagliu'... ma seriamente?»

«Rinu', ma tu veramente stai facendo?» Giovanni ora era in ansia, forse lo era già da prima. Forse aveva macinato anche lui gli stessi pensieri che adesso rodevano le meningi dell'amico. Ma non aveva avuto il coraggio di farne parola. Anche lui aveva visto sfilare nella mente il mitico Enzo Merolla: uno scugnizzo coi pantaloni bucati e la faccia sporca che sfrecciava per le strade del Pallonetto, a Santa Lucia, col pallone al piede e un codazzo di compagni che gli gridavano da dietro: «Vai, Enzu'! Vai! Va'!». Uno scugnizzo con un sogno gigantesco, una risata strafottente e una maglietta inzuppata di sudore.

«Ma proprio mo', cazzo, ti viene in mente di farti sti problemi? Dobbiamo andare, Rinu', che se non arriviamo in tempo 'o Puorc' ci scanna...»

«Il porco che scanna ai cristiani. Tutto 'o cuntrario.»

Nessuno rise alla battuta di Giuseppe, men che meno lui.

«Questo è il cuore di Enzuccio Merolla, guagliu'» disse Rino, spegnendo la radio. «Enzuccio Merolla. Lo sapete chi è Guardascione? Lo sapete quello che ha fatto? E vi pare una cosa cristiana?»

«Ma chist' veramente sta facendo?» Giuseppe fissò Giovanni con gli occhi sgranati. A tratti si voltava indietro per guardare attraverso il lunotto. Le tempie gli luccicavano per il sudore. Giovanni era muto.

Nell'auto regnò per qualche attimo un silenzio totale, una quiete tesa ma pronta a esplodere come i proiettili caricati dentro le canne delle loro pistole. L'atmosfera era irreale. Non si capiva da dove fosse entrata in auto quell'improvvisa remora, da quale finestrino, da quale spiraglio. Non si capiva come Rino – ormai, come gli altri due, ingranaggio perfetto di quella enorme macchina oscura che era il Sistema – potesse concedere a quei pensieri di guadagnare la strada della propria testa. Ma il punto era anche un altro: non solo quegli scrupoli dell'ultima ora mettevano a rischio l'operazione, ma istintivamente stavano contagiando Giuseppe e Giovanni. Gli ricordavano che un tempo anche loro avevano creduto in qualcosa, nel pallone, nell'amicizia, in qualche piccolo brandello di gloria futura, e che adesso invece stavano calpestando come cicche puzzolenti gli ultimi scampoli della propria umanità. Quegli scrupoli insinuavano che Rino, alla fin dei conti, fosse migliore di loro.

«Ve site scurdat' da dove veniamo, guagliu'» disse Rino con gli occhi sulle proprie mani intorno al volante.

«Ma addó venimm', Rinu'?» Giovanni agitava la mano davanti alla faccia dell'amico, come per svegliarlo. «Venimm'a miez"a via, 'a llà venimm'!»

«Veniamo da un campetto di pallone, comm'a Enzuccio, coi calzoni scassati e...»

«Rinu', appiccia sta machina e jammuncenn'.» L'espressione di Giuseppe era cambiata, adesso era neutra. Lo sguardo lucido e sbrigativo.

«... e volevamo scassare, volevamo andare in Serie A, comm'a Enzuccio...»

«Ma cher'è mo' stu Enzuccio, oh? Era amico tuo e non lo sapevamo?» fece Giovanni con una mezza espressione di scherno. Poi si voltò verso

Giuseppe, che però non ricambiò lo sguardo, la fronte rigata di sudore e i nervi tesi, sul punto di spezzarsi.

«Appiccia sta machina, Rinu'.»

«Voi vi siete scordati tutto, vi siete...»

«Appiccia sta machina, Rinu'!» Giuseppe diede un pugno al poggiatesta del sedile di Rino.

«Calma» fece Giovanni «stai calmo.» Giuseppe scosse la testa, si passò una mano sulla fronte per asciugarla.

«... Vi siete proprio scordati chi siamo...»

«'A sfaccimm' d''a gente, Rinu'! Chest' simm', chi ti credevi che eri?! Appiccia sta machina! Mo'!» Giuseppe prese a scuotere il sedile di Rino con violenza.

«Oh!» Giovanni si sporse indietro per afferrare le spalle dell'amico. «Oh! Calma!» Si terse anche lui la fronte, poi si coprì gli occhi con i palmi delle mani. Restò così per un'eternità, a respirare in silenzio, le spalle che andavano su e giù, mentre Rino e Giuseppe si fissavano l'un l'altro nel retrovisore.

«Non come Guardascione» disse a un tratto Rino scuotendo la testa. «'A sfaccimm' d''a gente, ma no come a Ciccio Guardascione. No come a Ciccio 'o 'Nz.»

«Ma ancora cu sta storia?» Giuseppe digrignò i denti. Si voltò di nuovo a guardare nel lunotto posteriore. «Ma tu veramente stai…»

«Vabbuo'» intervenne Giovanni ridestandosi all'improvviso. «Vabbuo'.»

«Vabbuo' che?»

«Rino tiene ragione.»

«Mo' pure tu? Ma state proprio fuori cu 'a capa?»

«Facciamo una cosa» disse Giovanni dopo una pausa, come rasserenato da un'idea. «Ora ci fermiamo a un autogrill e ci pigliamo un caffè.»

«Giua', famme capì, che vuo' ragionà? Qua bell'e buono arriva qualcuno che ci spara due colpi in petto, e questo si mette a fare 'o filosofo?»

«Mi stai a sentire? Andiamo all'autogrill e ci prendiamo un caffè. Si può fare?»

Giuseppe scosse la testa.

«Si può fare?»

Giuseppe fece un cenno di stizza con la mano.

«Jamm' bell'.» Giovanni guardò Rino perché riaccendesse il motore. Finalmente, Rino girò la chiave nell'accensione. La macchina si rimise lentamente sulla carreggiata.

«Guardascione…» sibilò Rino fra i denti. «Io non ci posso pensare.»

Francesco Guardascione doveva il proprio soprannome, 'o 'Nz, a una vecchia storia. Quand'era poco più che ventenne e aveva già in mano le redini del clan, la Guardia di Finanza riuscì a intercettare nel porto di Salerno un carico di cocaina diretto ai suoi spacciatori. Si sparse la voce che qualcuno lo avesse tradito. Le modalità del sequestro apparvero insolite, l'intervento delle Fiamme Gialle troppo preciso, tempestivo: i finanzieri conoscevano non solo il container dov'era stipata la droga, ma anche la posizione precisa degli uomini che lo sorvegliavano. Due di loro rimasero coinvolti in una sparatoria. Uno morì, l'altro se la cavò senza un graffio e riuscì perfino a scappare. Si chiamava Gennaro ed era appena maggiorenne. Guardascione lo convocò in una vecchia masseria nelle campagne di Volla, dove il ragazzo si mise a implorarlo di credergli: non era stato lui a "cantarsi" il carico di droga. Glielo giurò in ogni modo, mentre uno dei killer di Guardascione gli teneva una pistola puntata alla tempia e il cavallo dei pantaloni gli si bagnava impietosamente. Non c'era prova concreta che la Guardia di Finanza avesse ricevuto una soffiata, né che l'autore fosse stato Gennaro.

All'ultima implorazione del ragazzo, inginocchiato per terra, con gli occhi lacrimanti fissi in quelli di Guardascione, all'ultimo: «Ti prego, fammi vivere, ti prego, non mi ammazzare», il boss rispose soltanto: «'Nz». Poi si voltò e andò via.

La pistola del boia esplose un unico colpo, che fu sufficiente.

Un anno più tardi si scoprì che a parlare con i finanzieri era stato un uomo di un clan rivale, che era anche il genero di una guardia portuale. Ma in quel momento di fronte a Guardascione c'era Gennaro, e il boss voleva mandare un segnale chiaro a tutti gli affiliati.

Il suo soprannome era legato anche a un'altra esecuzione sommaria che occupò per settimane le pagine dei giornali. Guardascione si contendeva i traffici di droga, sigarette e racket nei paesi del Vesuviano con il clan dei Saporito. Una volta aveva dato l'ordine di punire un uomo del clan rivale. L'omicidio doveva essere portato a termine con la massima violenza, l'esecuzione era stata organizzata fino al minimo dettaglio: killer, pali e gli addetti alle vie di fuga o all'eventuale risposta armata. La batteria di fuoco era composta da sei persone.

L'agguato sarebbe avvenuto a Somma Vesuviana, alle pendici del vulcano partenopeo. L'obiettivo era Domenico Trotta, condannato dai suoi ex alleati del clan Guardascione-Barraco perché aveva iniziato a investire in droga nei territori di Sant'Anastasia e Pollena Trocchia assieme ad altre famiglie. Dovevano colpirlo dentro al suo negozio di fiori. Ma quando i sei arrivarono all'entrata si trovarono dinanzi Raffaele Tramontano, nipote di Trotta, e così iniziarono a sparare su tutto quanto si muovesse. Avere lo stesso sangue del bersaglio ti rende a tua volta bersaglio. Valentina, una bimba, la figlia di Raffaele, fu raggiunta da un colpo alla testa. Aveva due anni, stava in braccio al padre quando la pioggia di colpi si abbatté su di loro. Il padre e la madre si salvarono.

Raffaele Trotta, al funerale di sua figlia, disse che non si era trattato di un agguato di camorra, ma solo di una rapina finita in tragedia. Preferiva sapere liberi gli assassini di sua figlia piuttosto che innescare nuovo sangue, nuovi massacri che coinvolgessero la sua famiglia.

Dopo il raid, i sicari se l'erano fatta sotto e Francesco Guardascione, il boss, aveva deciso, sulle prime, di prendersi la responsabilità di quell'errore così grave, perlomeno di fronte al Sistema. Li aveva fatti scappare nell'area che la camorra considera a sua disposizione per investimenti e fughe, il Lazio, dove lo stesso Guardascione era già stato in soggiorno obbligato. Tutta la paranza di fuoco si nascose in campagna, a Cerveteri, e il boss mandava i suoi uomini a portare cibo, panni, acqua e soldi.

Finché un giorno, di fronte ai capicamorra dei paesi del Vesuviano che gli chiedevano spiegazioni su un agguato tanto rischioso in cui era morta una bambina, decise di lavarsene le mani. Un po' come aveva fatto con quel ragazzo che lo implorava di risparmiarlo: «'Nz».

Disse che lui non c'entrava niente, che era stata tutta colpa dei suoi uomini. E con quelle parole firmò la loro condanna a morte.

Se qualcuno ti ucciderà, sarà il tuo più caro amico. È una regola non scritta dei clan. Gli stessi uomini che fino a quel momento avevano rifornito il commando di killer nascosto a Cerveteri, una mattina con un pretesto fecero uscire il gruppo allo scoperto, in mezzo alle sterpaglie secche, dove non c'era alcun riparo ed era impossibile cercare aiuto. I sicari gli scaricarono addosso gli interi caricatori. Uno dei latitanti riuscì a sfoderare la pistola, ma fu inutile. Finirono a terra, tutti. Gli spietati esecutori presero il corpo del primo caduto per portarlo a un pozzo lì vicino, gettarlo e lasciarlo marcire sul fondo. Mentre tiravano su il corpo e a fatica lo trascinavano sul terreno, altri due, come resuscitati, si alzarono e iniziarono a scappare. Avevano finto di essere morti. Erano stati colpiti, ma solo feriti. Uno si catapultò al pronto soccorso di Ladispoli, sanguinante, dicendo che aveva subìto una rapina in campagna. L'altro rimase nascosto e finì quasi dissanguato. Si pentirono subito, subito si dichiararono disposti a collaborare con le forze dell'ordine: non avevano alcuna speranza di sopravvivere oltre. Quando pende su di te una condanna a morte del clan speri che lo Stato ti tenga stretto il più possibile. All'agguato di Cerveteri scamparono altri due killer, anche loro responsabili della morte della piccola Valentina, chi dice come mandanti, chi come facenti parte del commando omicida. Qualcuno, parlando di questa triste vicenda, concluse amaramente: «Le pene della camorra sono certe e immediate, a differenza di quelle dello Stato.»

«E alla bambina non ci pensate?»

Dopo un quarto d'ora di strada lunga e dritta, Rino aveva ripreso coi suoi scrupoli di coscienza.

«No» fece Giuseppe seccamente.

«Come, "non ci pensiamo"?» provò a stemperare Giovanni. «Ci pensi tu, ci penso io e ci pensa pure

Giuseppe. Solo che Giuseppe è strunz', è 'o vero o no, Giuse'?»

«'Azz', io so' strunz'? Voi due ci fate ammazzare e io so' strunz'? Fà 'na cosa, Peppi', vedi quanto tempo ancora ci resta. Accussì, pe' curiosità. Tre ore? Due ore e mezza?»

«Mo' ci prendiamo il caffè, ci facciamo una pisciata e parliamo.»

«Sèè. Parliamo cu 'i viermi, parliamo. Parliamo con la terra in bocca.»

Era vero. Guardascione non gli aveva fatto nulla. E questo, secondo una morale semplice, ridotta degli orpelli, prosciugata all'osso, bastava perché avesse il diritto di chiedere il cuore di quel giovane calciatore. Il principio di giustizia non poteva articolarsi in maniera astratta ed ecumenica, se non a patto di coinvolgere e soverchiare tutti: colpevoli i ministri, colpevoli i papi, colpevoli i santi e gli eretici, colpevoli i rivoluzionari e i reazionari. Colpevoli tutti di aver fallito, ucciso, sbagliato. Giustizia e ingiustizia potevano definirsi solo a partire da semplici escursioni meccaniche, gesti concreti, finiti e misurabili, vittoria o sconfitta, azione fatta o subita. Se qualcuno ti feriva, ti maltrattava, stava commettendo un'ingiustizia, se invece ti trattava nel migliore dei modi, ti faceva giustizia. Bisognava limitarsi a questi calibri. A queste maglie di giudizio. Bastavano. Dovevano bastare. Questa era l'unica reale forma di valutazione della giustizia. Cosa avessero fatto prima di farti del male o del bene non ti riguardava. Giudica come una persona ti tratta. Vendicati se ti ferisce, consideralo padre se ti dà il pane, sii grato se agisce in tuo favore. E così anche Guardascione meritava il suo cuore giovane, la possibilità di campare ancora.

Nell'enorme parcheggio d'asfalto cocente era tutto un brulicare d'auto. Le macchine ronzavano in cerca di un posto intorno alla grande cattedrale dalla pianta bassa e larga con l'insegna Autogrill. Ogni tanto, qualcuno – famiglie, coppie, gruppi di ragazzi – usciva dall'edificio e saliva sulla propria auto sgomberando la piazzola con una rapida retromarcia. Rino parcheggiò fuori dalle strisce, metà nel posteggio e metà fuori, col muso della Volvo che ostruiva l'uscita di almeno un paio di macchine. Giovanni e Giuseppe aprirono gli sportelli e uscirono prima ancora che Rino tirasse il freno a mano. Giuseppe si avviò spedito verso l'Autogrill, Giovanni si fermò a metà strada voltandosi verso la Volvo.

«Oh» fece all'amico che rimaneva seduto al posto di guida. «Forza.» Gli fece cenno con la testa di andare anche lui. Ma lui scosse la testa. «Vieni, ja', pigliamoci sto caffè. Non devi pisciare? Non devi fare niente?»

Rino abbassò il finestrino.

«No. Se poi questi devono uscire...»

«Oh, ma che r'è, oggi si' diventato madre Teresa? Vieni, forza.»

Rino scosse di nuovo la testa.

«Io sto qua. Qua mi trovate.»

«Ma non dovevamo parlare? Quello già se n'è andato, tu invece vuoi rimanere dentro... Me parit' tutti e due 'e frat' r''o cazz'.»

«Giua', io quello che dovevo pensare già l'ho pensato. Siete voi che dovete parlare, io sto buono accussì. Basta. Mi voglio togliere da mezzo.»

«Ti vuoi levare da mezzo? Seriamente?»

«Seriamente.»

«Uh maronna. E poi che fai? Vai a salutare a 'o Puorc', gli dici "è stato bello, teniamoci in contatto", gli mandi gli auguri di Natale?»

«Mi voglio togliere da mezzo. Non lo so. Me ne vado. Sparisco.» Rino spalancò le braccia in un misto di vittoria e di rassegnazione. «Mi apro un baracchino e mi metto a vendere l'aranciata. Mi metto a fare l'allenatore di pallone. Vac' a rubà.»

«L'allenatore 'e pallone?»

«Eh. Pecché, fosse malamente?»

«Rinu', ma tu...» Giovanni guardò verso l'Autogrill, poi verso la Volvo, poi ancora verso l'edificio. «Vabbuo', ja'. Agge capito. Aspiett' llà, che mo' torno.» Sibilò una bestemmia fra i denti, si passò nervosamente una mano nei capelli e infine andò anche lui verso l'ingresso.

Giuseppe era già al bancone, che beveva il suo caffè con in mano il grosso telefono cellulare che Porcello gli aveva consegnato alla partenza.

«Qua teniamo un problema serio» disse.

«Grazie che mi hai pigliato il caffè pure a me. Si' 'n'amico.»

Rino stava con i piedi incrociati sul cruscotto, il sedile calato e le mani dietro la testa. Quasi che stesse prendendo il sole in spiaggia, se non fosse stato per lo sguardo incarognito e la sigaretta che bruciava fra le sue labbra prima del tempo, un tiro dietro l'altro, nella calura dell'enorme parcheggio. Si era quasi dimenticato di avere dietro di sé una borsa termica con all'interno il cuore di Vincenzo Merolla, tanto erano perigliose le questioni – morali e non – in cui era immerso l'organo da trapiantare. Ecco che l'ambiente diventava sordo, i suoi occhi ciechi, e gli tornavano alla mente le scene di una certa mattinata, anni prima, in cui sua madre aveva deciso di ammutolirsi, suo padre fumava una Marlboro dietro l'altra e la piccola Concetta s'imbrattava la faccia con un cornetto al cioccolato. Sarebbe stato diverso, per Giuseppe e Giovanni, se la piccola uccisa dagli uomini di Guardascione fosse stata la loro sorella? E se fosse stata proprio Concetta? Se i proiettili di 'o Nz' si fossero conficcati nelle carni di Concetta – il pensiero gli provocò una smorfia di dolore e disgusto –, allora Giuseppe e Giovanni sarebbero stati d'accordo con lui? Quell'asciutto sistema aritmetico che regolava le questioni umane fra gente "di rispetto", avrebbe ammesso una qualche deroga? L'avrebbe ammessa anche per gli amici del fratello della giovane vittima? E per i cugini? E per gli zii? Fino a che punto erano elastiche le maglie del giudizio? Se le regole create dalla natura erano innumerevoli, i comandamenti dell'uomo erano veramente pochi. Mosè, a suo tempo, era stato di manica larga. Secondo Rino ne esistevano non più di quattro o cinque. E però bisognava rispettarli. Uno di questi era: non si ammazzano i bambini. Un altro era…

Pam, pam, pam.

Rino sobbalzò, con uno scatto tolse i piedi dal cruscotto e fece volare la mano sotto il sedile. Il tizio che aveva appena bussato al finestrino dal lato del passeggero fece un passo indietro. Si fissarono per un istante.

«Devo uscire» disse l'uomo con ampi movimenti delle labbra indicando la propria auto parcheggiata dietro la Volvo.

«Faccia 'e cazzo...» sibilò Rino. Mise in moto e iniziò a cercare parcheggio girando intorno all'Autogrill.

«Frate', questo ci ha lasciato a piedi.» Giuseppe si guardava intorno, collo lungo come un galletto in un pollaio e occhi spiritati. «Questo ci ha fatto il servizio, te lo dico io.»

«Ma quando mai...» Giovanni, anche lui scrutava il parcheggio da un capo all'altro in cerca di Rino. «Mo' ti faccio vedere che torna. Ti devi stare calmo, Peppi'. Tutti e tre ci dobbiamo stare calmi. E mo' cu Rino fammi parlare a me, tu statte zitt'.»

«Giua', questo ci ha fatto il servizio. Mannaggia 'a morte...» Giuseppe si morsicò un pugno, poi alzò gli occhi al cielo.

«Calmo. Mo' lo vedi arrivare.»

«Ma tu si' scemo veramente? Hai capito che quello tiene la borsa col cuore di Merolla dentro e se la sta portando chi cazzo sa dove? Io chiamo un'altra volta.» Giuseppe infilò una mano in tasca per prendere il cellulare, e fece dietrofront verso l'ingresso dell'edificio. Giovanni lo trattenne per la spalla.

«Ma che vuoi richiamà, oh! Ci vuoi fare ammazzare a tutti e tre?»

«E perché, secondo te come va a finire sta storia? Che ci regalano 'na magnata 'e pesce a Mergellina?»

«Tu mi devi stare a sentire a me, 'e capito o no? Stamm' a sentì. Abbiamo sempre fatto tutto assieme. Sempre. Niente è cambiato e niente deve cambiare. Mo' ti faccio vedere che... Guarda, gua', stà llà!» Giovanni indicò un'auto all'angolo ovest dell'autogrill che marciava lentamente di fianco a quelle parcheggiate.

«Sta latrina.» Giuseppe sospirò, le spalle gli si afflosciarono.

«Guagliu', voi avete capito quello che stiamo facendo?» Rino e Giovanni non risposero. Si limitarono ad annuire.

«Tu l'hai capito, Peppi'?» chiese Giovanni. Anche Giuseppe annuì. «Ci stiamo suicidando. Rinu', almeno glielo vuoi fare un regalo a mammà? Glielo vuoi mandare un biglietto? Accussì gli dici che si' stato tu, che devono tutti ringraziare a te.»

«Io non vi ho chiesto niente. Ho detto che *io* non lo voglio fare. Voi potete fare quello che volete.»

«E come no.»

«Guagliu', non perdiamo tempo. Peppi', tu devi fare quella telefonata? 'A vulimm' fà o no?» Giuseppe sospirò, sfilò il telefono dalla tasca dei jeans e si mise a scorrere la rubrica telefonica con i tasti del Nokia che emettevano un ticchettio secco e plasticoso. La scelta si fermò su un nome nel lungo elenco di contatti: Gennaro Sbrescia. Sospirò, mugugnò qualcosa, fece un gesto di stizza. Alzò gli occhi su Giovanni.

«Allora vado.»

«Vai.» Giuseppe rimase per qualche istante in attesa. Poi dal piccolo altoparlante del telefono che teneva accostato all'orecchio ronzò una voce confusa.

«'Ennà! Come stai?» fece allora Giuseppe. «Tutt'appost'? Buono, buono... 'E criature comm' stanno, tutt'appost'? Buono. Sient' 'Ennà, ti volevo cercare una cortesia, ti ricordi quel dottore che operò a tua moglie a Roma? Eh... E certo, è chiaro, è chiaro... Era per una mia parente che pure si deve operare al cuore, la lista d'attesa è lunga, mi serve uno che mi fa un'amicizia. Pensavo che lo potevo chiamare, ti dispiace? Ua', 'Ennà, si' semp'

’n’amico. Come si chiama? Grazie assai… Sì, sì, sto scrivendo. Dici.» Fece cenno a Giovanni di memorizzare un numero sul proprio cellulare. Giovanni prese allora il suo telefono.

«Tre, tre, otto…» Giuseppe parlava e Giovanni schiacciava i tasti del proprio cellulare, «quattro sei…» Finito di memorizzare il numero, Giovanni alzò il pollice.

«Grazie, ’Ennà, ti voglio bene, per qualunque cosa io sto ccà, ’o ssaje. Tu basta che parli. Sì, sì, è chiaro, te faccio sapé. Ciao ’Ennà. Ciao.»

«E mo’ è ’o turno tuoje» disse Giuseppe guardando Giovanni. «Mo’ so’ cazzi tuoje.» Giovanni si fece il segno della croce e chiamò il numero che aveva appena memorizzato.

Mentre si lavava le mani prima di un intervento, il chirurgo sentì gli squilli del cellulare.

«No» disse guardandosi nello specchio. Lo lasciò suonare sul ripiano dell’armadietto e continuò a sfregarsi le mani.

«Professore.» Un’assistente in camice bianco entrò e lo salutò, poi aprì il rubinetto accanto e iniziò anche lei il rituale.

«Ciao Clo.»

Chiuse il rubinetto usando il gomito, quindi

andò verso il dispenser alla parete dove c'erano gli asciugamani e i guanti sterili. Il telefono ricominciò a squillare. L'assistente lo guardò, il professore si bloccò davanti al dispenser. Sbuffò, fece qualche passo verso l'armadietto e si sporse sul ripiano per leggere il nome di chi lo stava chiamando. Sul display, però, compariva soltanto un numero. Non era un contatto della sua rubrica. Prendere il telefono avrebbe comportato un nuovo lavaggio delle mani. Restò a fissare il display per qualche attimo, come se il nome del proprietario del numero potesse apparire per magia, o comunque in ritardo, sullo schermo del telefono. Ovviamente non accadde. Il medico tornò al dispenser e aspettò che anche l'assistente finisse il lavaggio per farsi asciugare le mani e infilare i guanti. Il telefono riprese a squillare.

«Ma che cazzo» sbottò il cardiochirurgo.

«Posso rispondere io» disse l'assistente.

«Cambia poco. Dovrai comunque rilavarti le mani.»

«Va bene, vuol dire che me le rilavo io.» Il chirurgo ci pensò un attimo, mentre il telefono continuava a suonare e si spostava poco alla volta, ronzando come una mosca ferita sulla mensola dell'armadietto.

«Ok, dài. Grazie.» L'assistente raggiunse con due falcate l'armadietto e prese il cellulare.

«Sì?»

«Buongiorno. Il professore?» Giovanni scostò leggermente il telefono dall'orecchio perché la voce dall'altra parte fosse almeno in parte udibile anche agli altri in macchina.

«Sono la sua assistente, il professore al momento è impegnato. Chi è al telefono?»

«Sono...» Giovanni tentennò, guardò gli altri due, che però non gli furono di molto aiuto. La Volvo correva a una velocità spropositata per macinare la strada il più rapidamente possibile. Alle multe degli autovelox ci avrebbero pensato poi. O forse, considerata la situazione, non ci avrebbero pensato affatto. «... chiamo dal Comune di Roma, polizia municipale. Devo parlare con il professore.»

Il primario di cardiochirurgia dell'ospedale doveva avere anche lui una macchina, un bollo arretrato da pagare, o quantomeno un parente, qualcuno che disgraziatamente poteva essere rimasto coinvolto in un incidente stradale.

«Se non è urgente dico al professore di...»

«È urgente. È molto urgente.»

«Può dire a me? Posso riferire al professore appena...»

«No, è personale. È personale e urgente.» Dall'altra parte ci fu silenzio per qualche attimo. Poi, nell'abitacolo dell'auto si sentì chiaramente la voce di un uomo che diceva: «Buongiorno. Mi dica».

«Professo', voi non mi conoscete ma io vi ho disturbato per un motivo importante. Io qui tengo un cuore e ve lo volevo consegnare.»

«Che?»

«Un cuore, professo'. Un cuore umano.»

Segue una logica binaria, il cuore. È azione o stasi, contrazione o rilassamento. La sua cifra non è la complessità, semmai la precisione. L'immane dispendio di talento evolutivo è racchiuso nel suo intrico di condotti e ventricoli, nella parsimonia degli eccitamenti e nella cieca devozione al corpo, agli altri suoi organi, alle necessità e ai capricci del momento. A comandarlo è l'imperativo della pulsazione. Il ritmo. Nella sua litania per sole percussioni si apprezza la costanza, la regolarità, talvolta la capacità di accelerare o decelerare senza troppo scomporsi. È un servo fedele e inimitabile, nel senso più preciso del termine.

Dalla seconda metà del ventesimo secolo, l'uomo

si è messo in testa di imitarlo, di creare un suo gemello meccanico. Il primo a riuscirci fu l'olandese Willem Kolff. Nel 1957 impiantò un cuore artificiale nel corpo di un cane: due sacche in poliuretano compresse a ritmo costante da ventricoli artificiali colmi di aria pressurizzata. Il cane sopravvisse all'intervento, ma solo per novanta minuti. Nel '69, Denton Cooley trapiantò il primo cuore di plastica e poliestere nel corpo di uomo, un quarantasettenne dell'Illinois che soffriva di un grave scompenso cardiaco. Nulla di risolutivo: l'idea era quella di tenerlo in vita il tempo sufficiente per ricevere un trapianto di organo da parte di una donatrice. Sciagura volle che durante il trasporto in aereo il corpo della donna subisse delle lesioni, e così il suo cuore. I medici continuarono a far pompare il cuore con un massaggio cardiaco, in modo che arrivasse intatto in sala operatoria. Il cuore ce la fece. O quasi. Fu impiantato con successo nel torace del paziente cardiopatico al posto di quello meccanico. Ma fu un successo effimero, e l'uomo morì trentadue ore dopo. Cooley ci riprovò nell'81: stavolta il paziente sopravvisse per trentanove ore.

Un anno dopo, l'ambizione imitativa dei *sapiens* raggiunse l'apice: nell'ospedale del polo universitario dello Utah, un dentista in pensione di nome

Barney Clark ricevette il primo supporto cardiaco meccanico permanente. Non fu facile convincerlo: il Jarvik-7 era composto da due pompe di poliuretano che andavano a innestarsi su ciò che rimaneva dei ventricoli originali ed era alimentato da un compressore esterno del peso di duecento chili. Il paziente era alquanto scettico. Anche sua moglie, Una Loy, era preoccupata. Temeva che Barney, senza più un vero cuore umano, potesse smettere improvvisamente di amarla. Dopo un primo rifiuto, però, le sue condizioni peggiorarono. Accettò di entrare in sala operatoria e ne uscì con un mucchio di tubi che gli sbucavano dal petto collegati a un apparecchio gigantesco. Il decorso post-operatorio fu un calvario orrendo. Clark riuscì a resistere per centododici giorni, quando fu stroncato da un'insufficienza multiorgano.

Per molti anni a venire, la plastica continuò la sua frenetica rincorsa alla carne. Nel 2001, un uomo di cinquantotto anni ricevette il primo cuore meccanico che poteva stare in un torace umano senza il bisogno di essere collegato ad apparecchi esterni. Visse per cinque mesi dopo il trapianto, poi morì d'infarto. Il paziente che ha stabilito il record di sopravvivenza con un cuore artificiale nel petto è un italiano: 1.373 giorni.

E se la natura dell'uomo, creatura pulsatile, non tollerasse il saccheggio? Se la vita, in generale, non ammettesse contraffazioni così sfrontate ma richiedesse, per essere emulata, il pudore di un minimo allontanamento? I cuori artificiali più recenti non pulsano più, pompano un flusso di sangue continuo cosicché il paziente, una volta uscito dalla sala operatoria, non ha più un battito cardiaco. Gli scienziati hanno appreso con grande stupore che un essere umano può vivere a lungo in assenza di pulsazioni. Come se per continuare a vivere dovessimo fingerci morti. Soltanto così, con una genuflessione all'insondabilità del mistero, questo atto di dolore, questo *mea culpa*, queste sentite scuse, questo bagno d'umiltà, questa giravolta carica d'imbarazzo, questo ritorno a più miti consigli, questo spogliare i propri arnesi dell'ambizione celeste, questo industriarsi con l'artigianato rinunciando all'arte, questo singulto controevolutivo, questa trovata da teneri furbacchioni; soltanto con questa plateale ammissione d'inferiorità, la natura sembra acconsentire a mantenerci in vita.

Le complicazioni però sono ancora molte. Con un cuore a flusso continuo, senza più pulsazioni, l'uomo può vivere, ma la sua fisiologia ne risulta alterata a volte in modo fatale. Il perché non è ancora chiaro. L'imperativo della pulsazione accetta soltanto contraffazioni incerte, non concede il proprio marchio di fabbrica, non rilascia licenze produttive. E così un cuore umano, un *vero* cuore umano, un cuore puro, non ha valore, perché vale tutto. Custodisce il ricordo dell'innocenza, è il suo nucleo rovente. È lì, dove la vita ribolle di magma e si attorciglia in furiose spirali incandescenti, che risiede il ricordo di chi siamo, di che cosa possiamo ancora essere. Nonostante tutto.

«Ma cos'è, uno scherzo? Io sto per operare, non ho...»

Giovanni gli lasciò pronunciare solo le prime due parole, dopodiché schiacciò il telefono contro l'orecchio per soffocare l'audio e alzò la propria voce. Parlava in maniera scomposta, frettolosa.

«Un cuore umano, esatto. Lo tengo qua in una borsa termica. Ma fra poco scade.»

«Lei è pazzo. Ammesso che sia vero quello che sta dicendo, un cuore va consegnato dopo una corretta procedura d'espianto, bisogna...»

«Sì, sì, esatto, subito...»

«... capire da chi proviene, dov'è stato espiantato, se il donatore...»

«No, ma quando mai, non voglio niente in cambio. Ve lo consegno aggràtis, prufesso'…»

«… io non so neanche perché le sto dicendo questo, questa telefonata è assurda…»

«Perfetto. Voi mi dovete solo dire a chi glielo devo consegnare e io ve lo porto all'ospedale…»

Giovanni adesso quasi gridava.

«… io a questo punto sono tenuto a chiamare la polizia…»

«Esatto, ve lo porto io stesso. Là in ospedale, dove state voi. Più di questo che vulite, prufesso'.»

«La avviso che finita questa telefonata io…»

«Va benissimo, mo' sto in macchina e vengo a Roma. Ci vediamo davanti all'ospedale.»

«… chiamerò la polizia e segnalerò il suo numero e il contenuto di questa conversazione…»

«Vabbuo', davanti all'ingresso del pronto soccorso. Ve lo spiego dopo come l'ho avuto. Mo' non vi posso dire niente, solo che è un cuore vero. Ok, davanti all'ingresso. Sto là fra tre ore.»

«E ora la saluto, non si permetta di richiamarmi. Ma roba da matti…»

Tuuu. Quando il cardiochirurgo chiuse la comunicazione, Giovanni fece un ultimo sforzo per premere ancora di più il telefono contro il suo orecchio ormai rosso e dolorante.

«Fra un'ora e mezza» continuò a parlare Giovanni «due al massimo. Grazie, dottore, grazie, arrivederci.»

Lasciò cadere il cellulare sul sedile, alzò gli occhi all'alto e sospirò. Con la coda dell'occhio sbirciava il volto di Rino. Dopo un po' tornò a rilassarsi.

«Abbiamo fatto il miracolo. Sei contento, Rinu'? Mo' dobbiamo vedere dove sparire.»

«Mo' amma sul' muri'» fece Giuseppe. «Altro che sparire.»

«Una soluzione la troviamo, Peppi'. L'abbiamo sempre trovata. Rino, ospedale San Camillo. Curre, però. Fallo camminare stu scaldabagno, jamm' bell'.»

Rino schiacciò ancora di più il piede sull'acceleratore. Giovanni alzò il volume della radio e si abbandonò sullo schienale gettando la testa all'indietro, come per pregare. E in effetti pregò, mentre si torceva tra le mani il biglietto di Porcello con l'indirizzo dell'ospedale.

«Ua', ma che r'è, 'a reggia 'e Caserta?»

«Ma qua' reggia 'e Caserta. È tale e quale a 'o Cardarelli.»

Giovanni e Rino aprirono gli sportelli e si stiracchiarono la schiena. Nel grosso cortile dell'ospedale San Camillo, le paline con le indicazioni per il pronto soccorso sbucavano da aiuole moderne a forma di goccia. Appena dietro l'ingresso del cortile, sulla destra, i tavolini rossi e bianchi di un baretto spezzavano a poco prezzo la monocromia smorta che regna in tutti gli ospedali. Dopo i tavolini, lungo il muro che cingeva l'intero perimetro del complesso, c'era una lunga fila di auto parcheggiate. Rino aveva trovato posto in fondo alla fila, a pochi metri da un edificio a un unico piano, giallo e grigio, che ospitava la piccola filiale di una banca.

Dopo aver armeggiato per un po' con la borsa termica, anche Giuseppe scese dall'auto. Diede un'occhiata all'orologio, un pataccone blu e rosso che scimmiottava le linee di un Rolex, e guardò gli altri con sufficienza.

«Mo' arriva» disse Giovanni anticipandolo. «Abbiamo fatto prima. Comm' sta 'o criaturo?» Giuseppe gettò uno sguardo allo sportello dietro cui c'era la borsa con il cuore.

«Tutt'apposto. Anzi, mo' sai che faccio?»

Senza completare la frase, aprì lo sportello dal lato del guidatore e tirò la leva del bagagliaio. Si guardò intorno, aprì anche l'altro sportello, afferrò il borsone e lo trasferì nel baule, quindi lo richiuse con un tonfo. Rino e Giovanni si sedettero sul cofano della Volvo.

Durante il tragitto avevano discusso quali sarebbero stati i piani futuri, per quanto la parola "piano" fosse poco adatta a riassumere la catasta di propositi fumosi che avevano in testa. Tutti loro, e soprattutto Rino, non avevano idea di che cosa avrebbero fatto. Sapevano che per un po' sarebbero spariti. Tutti e tre avevano armeggiato con i cellulari per inviare messaggi ai familiari più stretti, madri e fidanzate, dicendo di non preoccuparsi, che presto avrebbero dato notizie di sé. Avrebbero lasciato la Volvo lì nei dintorni, ma lontano dall'ospedale, facendo sapere in qualche modo a Porcello dove si trovava. Poi avrebbero preso un taxi per arrivare alla stazione Termini, e da lì un treno per la Germania. Giovanni aveva un paio di buoni contatti calabresi che per qualche tempo avrebbero trovato loro una sistemazione. E poi, chissà.

«Berlino» sussurrò Rino fra sé. «Ce ne jamm'a ballà, facimm' burdello. Ci abbuffiamo di wurstel.»

«Eh Rinu', a te t'è sempre piaciuto 'o wurstèl» fece Giovanni.

«L'unico posto dove possiamo andare dopo stu fatto è 'o camposanto.» Giuseppe lanciò uno sguardo a Giovanni che rispose con un cenno, un ghigno complice e beffardo allo stesso tempo. Rino teneva d'occhio l'ingresso del pronto soccorso. Aspettava di vedere arrivare da un momento all'altro, trafelato, un uomo in camice bianco.

«Mo' questo arriva sicuro con la polizia. Mi gioco le palle.»

«Ma quale polizia, quello ha pure ringraziato. Non sapeva manco lui che doveva dire. Quello è andato in paradiso pe' scagno!»

Rino aggrottò la fronte e si rimise a fissare l'ingresso della medicina d'urgenza. Aspettò così, con lo sguardo incantato e i pensieri persi in qualche affollata discoteca berlinese, per una manciata di minuti. Poi, a un tratto, sentirono una voce.

«Ué, guagliu'.»

Si voltarono tutti e tre insieme.

Tonino Porcello era dietro di loro, il gomito poggiato al tettuccio blu elettrico di una Lancia Y, i Ray-Ban a goccia sulla punta del naso.

«Tutt'apposto?»

Lo sguardo di Rino rimbalzava fra i suoi due amici alla velocità di una pallina da ping-pong. Giovanni sorrise e scosse un po' la testa, come per rassicurarlo. Tonino si avvicinò al trio e allungò le braccia sulla schiena di Giovanni e di Rino, che fece un passo indietro per scansarsi, con gli occhi sgranati di una bestia braccata.

«Rinu', stiamo pace cu Tonino, è tutt'apposto, nun te preoccupà.»

Giuseppe allungò anche lui un braccio verso l'amico, ma quello si ritrasse ancora.

«Ma che cazzo sta succerenn', guagliu'?»

«Vieni qua, Rinu', non ci stanno problemi, stà senza pensier'» fece Tonino.

«Diglielo, Toni', dàgli pure la parola tua che è tutto a posto.»

«Guagliu', ma che cazzo avete fatto? Fammi...» Rino guardò Giovanni con occhi allucinati «fammi vedere il biglietto con l'indirizzo.»

«Ma perché? È finita, chiuso, risolto.»

«Famme veré 'o biglietto!» Giovanni si sfilò di tasca il bigliettino con l'indirizzo dell'ospedale. Lo passò sospirando all'amico.

«Ospedale San Camillo.» Rino scosse la testa con disprezzo. «Qua dovevamo venire, già dall'inizio. E qua siamo venuti... E voi vi credete che avete fatto una furbata? Vi credete che avete fatto una cosa intelligente? Che questo mo' ci lascia stare?» Indicò Porcello. «Che è finita accussì e chi s'è visto s'è visto?»

«Ma perché ti stai appaurando, Rinu'? Gli amici

tuoi ti stanno dicendo che puoi stare tranquillo e tu non vuoi stare tranquillo? Vieni qua, vie'.»

Tonino alzò un braccio per far entrare anche lui nel gruppetto disposto in tondo, come in quel giorno di tanti anni prima, quando li aveva riuniti come un coach con la sua squadra e gli aveva proposto di giocare a pallone per soldi. Come quando aveva sfilato dalla tasca una mazzetta di banconote e aveva chiesto: «Li volete questi?».

Stavolta Rino si lasciò ghermire, la schiena rigida come una lastra di marmo e le pupille elettriche, guizzanti.

«Era l'unica cosa che potevamo fare, frate'» disse Giuseppe dandogli uno schiaffetto dietro il collo «l'unica cosa. Sennò a quest'ora stavamo già...» Guardò sottecchi il boss, lasciando la frase sospesa.

«Chist' so' 'e vuost'» fece Tonino dividendo in tre parti uguali una grossa mazzetta di denaro. Giuseppe e Giovanni presero la loro parte, Rino no. Tonino gli infilò i soldi nella tasca dei pantaloni.

«Lo sbaglio è stato mio» disse Porcello accendendosi una sigaretta «vi devo cercare scusa» alzò le mani. Tirò una lunga boccata che soffiò via verso un cielo romano terso e fasullo, di un azzurro precario. Più in là, da est, un branco galoppante di nuvole grigie si avvicinava minaccioso.

«Eravate calciatori pure voi... Lo siete ancora! Nell'anima... Ccà ddint'» diede un colpo sul petto di Giovanni. Rino guardò istintivamente il bagagliaio della Volvo, come se quel cazzotto avesse potuto raggiungere anche il cuore di Enzuccio Merolla. Gli occhi gli si fecero rossi e tremanti.

«Non vi dovevo mettere in mezzo a questa tarantella. Nossignore.»

Sbuffò un'altra nuvola di fumo. Lasciò cadere la sigaretta e la schiacciò con la punta della scarpa. Quindi si avviò verso il baule dell'auto e lo aprì con le sue chiavi.

«Quacche vota 'e chest' ce facimm' 'na magnata, va bbuon'?»

Raccolse la borsa e si avviò verso l'entrata dell'ospedale.

«Ma che cazzo avete fatto?» ripeté Rino con lo stesso sguardo allucinato.

«E càlmate 'nu poco, guaglio'» disse Tonino, che ormai era già lontano e dava loro la schiena.

«Ti abbiamo tirato da dentro alla fossa» gli rispose nervosamente Giuseppe «a te e pure a nuje.»

«Era l'unica cosa che potevamo fare, compagno mio...» Giovanni fece due passi verso Rino, ma lui indietreggiò. «Stamme a sentì...» ci riprovò Giovanni, ma Rino si allontanò ancora.

«La telefonata al medico, i messaggi alle famiglie... era tutto ’na strunzata!»

«A metà. ’Nu poco sì e ’nu poco no.» Giovanni non riuscì a trattenere un sorrisino.

«Siete la munnezza della gente!»

«E ja’, Rinu’...» fece Giuseppe.

«Siete la merda!»

«E vieni, ja’...» gli disse anche Giovanni.

«La merda!» urlò Rino e corse via.

Gli altri due si guardarono l’un l’altro e sospirarono. Giovanni si voltò verso l’ospedale. Tonino già non si vedeva più.

Si dice che per terminare qualcosa occorra iniziarne qualcun'altra. In amore si dice "chiodo scaccia chiodo"; un informatico parlerebbe di una cella di memoria sovrascritta con nuovi dati che vanno a soppiantare i precedenti, ormai corrotti e fonte di complicazioni. Nel caso di Rino si trattò di riallocare nuovi spazi ad antiche passioni mai sopite. Si trattò, in poche parole, di riequilibrare. O, più semplicemente, di restituirsi una parte della propria vita data via con troppa leggerezza, svenduta con giovanile incoscienza.

Si trasferì a Casavatore e riprese a giocare a pallone. In poco tempo divenne centravanti del Real Casavatore.

Real! Con questo prefisso altisonante, non giustificato da nessuna monarchia e men che meno da appartenenze nobiliari, si appellavano molte squadre dell'entroterra campano: Real Marcianise, Real Agro Aversa, Real Marzano. Una volta, il sindaco di un paesino del Casertano, orgoglioso per la promozione della propria squadra, aveva fieramente reclutato una fotografa della *Gazzetta dello Sport* per immortalare gli atleti locali. Mentre la ragazza stava per scattare la foto, due giocatori del Real locale la bloccarono. Le dissero di aspettare un attimo, poi chiamarono un paio di giardinieri che si spogliarono dinanzi a lei e si rivestirono indossando il completo della squadra. Con l'attaccante e il libero, quelli veri, c'era un problema: erano latitanti. Non potevano apparire in foto. Quando c'erano le partite giocavano sotto nome falso, e nelle foto di squadra erano sempre sostituiti da figuranti occasionali. Non di rado qualcuno, sfogliando le pagine sportive del quotidiano, apprendeva che un amico o un parente insospettabile faceva parte della compagine casertana e si poneva qualche domanda destinata a rimanere senza risposta.

I piccoli rimborsi che Rino incassava per le partite non gli bastavano per vivere. Svelto di piede ma svelto anche di braccia, grazie ai contatti di suo padre trovò lavoro come magazziniere in una piccola ditta di Arzano.

Girava guardingo. Usciva in strada solo dopo aver dato un'occhiata dal balcone di casa. Si guardava intorno e, quando era in auto – una A112 rimediata in uno scasso di Casoria poco prima che la rottamassero –, appena sentiva il rombo di una motocicletta afferrava la maniglia dello sportello, pronto a gettarsi fuori dall'abitacolo, in una fuga scellerata sull'asfalto. La sera, dopo cena, guardava qualcosa alla TV e si coricava su un materasso imbarcato. Si era abituato a sentire sotto le dita il ferro di un Winchester a pompa. Lo teneva sempre sotto il cuscino con la sicura inserita per non farsi saltare le cervella per sbaglio. Le partite con il Real Casavatore erano per lui un modo per scaricare i nervi, per affaticare il fisico sperando che la mente si spegnesse anche lei. Che gli desse almeno un po' di tregua. Era bianco in volto, emaciato e con due grosse occhiaie. Della sua coda di cavallo gli era rimasto soltanto il ricordo. Ora la sua testa era sferica e rasata.

Andò avanti così per una manciata di mesi.

Avevano fatto la scelta giusta.

Giovanni e Giuseppe se ne convinsero quando Tonino Porcello li invitò a cena per chiarirsi e per ammorbarli con lunghe storie di focose amanti, forse fasulle o forse no. Tutto ricominciò esattamente come prima, con i sopralluoghi sui cantieri edili, le trattative per comprare nuovi carichi e la gestione, di tanto in tanto, della minutaglia, giovani pali e piccoli pusher nelle piazze di spaccio. Facevano quello che avevano sempre fatto, ma con meno pressioni, meno urgenze, meno persone a cui dover rendere conto. Pareva che Porcello volesse sgravarli degli incarichi che potevano essere svolti dagli affiliati di primo pelo. Non c'era bisogno di affaticarsi. Ormai erano entrati nelle grazie del boss.

«Un altro poco e ci danno i gradi» disse Giuseppe una mattina che, non avendo nulla da fare, si erano stesi sul muretto a prendere il sole. In un appartamento della palazzina in fondo al caseggiato si erano riuniti Porcello e una mezza dozzina di capizona. A loro era stata risparmiata l'incombenza di partecipare. Giovanni sbuffò una risata amara.

«Quanto li abbiamo pagati sti gradi?»

«Giua', ne abbiamo già parlato.»

«*Chi* li ha pagati sti gradi?»

Giuseppe non rispose. Rimasero entrambi in silenzio, a fumare, per diversi minuti.

«Rinuccio, Peppi'. Li ha pagati lui.»

«Rinuccio è 'na capa 'e cazzo.»

«È 'na capa 'e cazzo. Però è Rinuccio. Potremmo almeno...»

«Quello ci sputa in faccia. Che vuoi fare? 'O chiamm' e dici "pigliammece 'nu cafè"? Tu nun stai bbuon'. Ci sputa in faccia quello.»

Giovanni finì di fumare e lanciò via il mozzicone con uno schiocco di dita.

«E allora facimmece sputà 'n faccia.»

I ragazzi dell'Arzanese persero tre punti preziosi. Dei quattro gol insaccati dal Real Casavatore, l'ultimo fu di Rino. La squadra avversaria aveva messo in rete un pallone soltanto, e solo grazie a un fortunoso rimpallo sul ginocchio di un centrocampista.

Rino, sotto la doccia, s'insaponava i capelli cortissimi tastando con i polpastrelli la ruvidezza del proprio cranio. Ancora non si era abituato ad accarezzare un raschietto. La pelle delle dita, che come i muscoli ha una sua memoria, si sorprendeva ogni volta di trovare quella superficie rasposa al posto della lunga e soffice chioma.

«L'amm' pigliati proprio a paccheri» disse uno dei compagni sotto le docce. «Pam! L'amm' schiattat"a capa!» Nessuno rispose. Il ragazzo, un pizzaiolo di San Pietro a Patierno col vizio della cocaina, mugugnò qualche altra parola da solo, poi batté quattro volte la mano contro le mattonelle: «Pam! Pam! Pam! Pam! Nunn'hanno capit' niente».

«Pe' furtuna l'antidoping nella lega dilettanti è 'na pazziella» disse un altro che era appena entrato in sala docce. «Questo sta fatto comm'a 'nu koala.»

«Ma pecché, i koala si fanno, ne' strunz'?» rispose il pizzaiolo.

Rino gli lanciò un'occhiata sghemba e provò a immaginare da dove gli arrivasse la coca. Molto probabilmente dai carichi di Tonino Porcello che fino a poco tempo fa smistava lui stesso con Giuseppe e Giovanni.

S'infilò l'accappatoio, si rivestì e uscì dal campetto con il borsone a tracolla. Il sole picchiava impietoso e a ogni passo sembrava che gli versassero olio bollente nelle orecchie. Si fermò poco distante dal cancello. Come al solito scrutò la strada, le auto parcheggiate, le persone che passavano. Si voltò verso il campetto, quando sentì i passi di qualcuno che arrivava da dietro.

«Sei forte, Rinu'. Ma io te facce semp' abballà 'o tango.» Giovanni mimò qualche funambolismo coi piedi anche se a terra non c'era alcun pallone. Di fianco a lui c'era Giuseppe.

Rino incrociò le braccia sul petto. Fece un cenno col mento, senza dire nulla.

«Come stai, guaglio'?» Giovanni gli si avvicinò ma lui fece un passo indietro.

«Che cazz' ce facite ccà?» Giovanni e Giuseppe scrollarono le spalle.

«Ti siamo venuti a salutare» disse Giuseppe.

«Sta bene» Rino si voltò «ce amm' vist'.»

«Oh, oh!» Giovanni gli corse dietro e gli afferrò una spalla. «Addó vai?»

Rino si liberò con uno strattone, sputò per terra a pochi centimetri dal piede di Giovanni e riprese a camminare.

«E ja', Rinu'...»

«Ma che jate truvann'? Che cazzo vulite?»

«'Nu cafè. Solo un caffè.»

«Azz', 'o Puorc' non vi dà manco i soldi per il caffè. Aspè...» Si frugò in tasca, ne tirò fuori una manciata di spiccioli e la lanciò davanti ai piedi di Giovanni. «Tiecchet''e sordi, oì. Pigliateve 'o cafè.»

«Accussì però ci offendi, Rinu'» disse Giuseppe.

«Statte zitto, sce'. Rino... E ja'... per l'amicizia... Un caffè.»

Rino si fermò, li scrutò entrambi a testa bassa, come un toro pronto a caricare.

«Solo un caffè.»

Due compagni di squadra passarono accanto a Rino per raggiungere l'uscita.

«Tutto a posto, Rino?»

«'O sce', piglia 'a via toja» ringhiò Giuseppe.

«Ah?» fece quello avvicinandosi.

«Tranquillo, Sasà» gli disse Rino. «Tutt'apposto.»

«Vai, va', Sasà» ripeté Giuseppe. «Fatte 'nu giro, 'o frate.»

«Ma chi è questo? Sono amici tuoi? Io non...»

«Oh! Stai camminann' o no?» Giuseppe gli si fece sotto a fronte bassa. «Ancora ccà stai?!»

Il ragazzo indietreggiò, guardò Rino, poi gli altri due.

«Vai, Sasà. Tranquillo. Li conosco. Poi ti spiego, è tutto a posto.»

Quello si voltò, tenne per un po' gli occhi su Giuseppe. Poi lui e l'altro si decisero ad andarsene.

«Un caffè, Rinu'.» Giovanni giunse le mani in segno di preghiera. «Te lo chiedo con il cuore in mano.» Impiegò qualche secondo per rendersi conto della gaffe. Gli scappò un grugnito.

Anche Rino non riuscì a trattenere un sorriso, ma si sforzò di conservare la sua espressione accigliata. Gli venne fuori una posa bizzarra e scomposta.

«Senza cuore in mano. Solo per piacere. Un caffè e poi ce ne andiamo.»

Era incredibile come il corpo di Rino si fosse trasformato in pochi mesi. Scavato da una teoria di notti insonni, indurito dalla solitudine, eroso dalle ristrettezze e temperato come una matita dalle continue e imprescindibili cautele, quel ragazzo robusto con la coda di cavallo era sgusciato via dalla sua prima pelle e adesso sembrava un animale nudo e spigoloso.

Alla partita, Giovanni e Giuseppe avevano impiegato qualche minuto per capire chi fosse fra i calciatori in campo.

Adesso, seduto con loro allo chalet Stella Maris, Rino si muoveva con piccoli fremiti, e con il gomito poggiato sul tavolo si rosicchiava le unghie come mai l'avevano visto fare prima d'allora.

Arrivò il caffè. Dopo un serie di chiacchiere goffe e inutili, provarono a spiegarsi. Gli dissero che avevano fatto ciò che avevano fatto, giusto o sbagliato che fosse, per salvarsi la pelle. Per salvarsela tutti, non soltanto loro due. Gli dissero che altrimenti sarebbero finiti sottoterra quello stesso giorno. Gli dissero che anche loro avevano sofferto, e soffrivano ancora, per aver portato il cuore di Merolla a un rifiuto umano come Francesco Guardascione. Gli dissero che lui, Rino, era stato il migliore di loro tre, e che quella sua fermezza aveva impressionato anche Tonino, e che Tonino non ce l'aveva con lui, ma anzi chiedeva spesso che fine avesse fatto.

Gli dissero che stavano per "prendere i gradi", che ora si faticava meno e c'erano giornate in cui bisognava inventarsi qualcosa da fare. Gli dissero che anche lui, se fosse tornato, avrebbe riconquistato il proprio posto nel Sistema, che avrebbe preso anche lui i gradi, che Porcello stava invecchiando, che si era fatto un paio di nemici e forse tra un po' sarebbe andato "in pensione".

Rino non ascoltò quasi nulla di ciò che gli dissero. Le poche parole che gli giunsero alle orecchie, più che convincerlo lo stizzirono ulteriormente. Eppure, quando entrambi gli porsero la propria mano, Rino tentennò un attimo e poi la strinse.

Avrebbe accettato la loro proposta qualunque fosse stata. Avrebbero potuto parlargli del clima, o della riproduzione delle api, o degli asini volanti, non sarebbe cambiato nulla.

Quanto può sopravvivere un pesce fuor d'acqua? O una pianta con le radici penzoloni, senza più terreno a cui aggrapparle? La verità era che gli ultimi mesi di Rino erano stati come una missione spaziale e che le scorte alimentari, il carburante, perfino l'ossigeno all'interno della sua nave erano terminati. La verità è che viveva da troppo tempo come Barney Clark, con un cuore di plastica e metallo nel petto ma senza più battiti: qualche giorno – ma forse anche solo qualche ora, qualche minuto – e la sua natura umana perfettamente gregaria gli avrebbe chiesto pegno di tutti quegli azzardi.

Lontano da Giovanni e Giuseppe, lontano dalla perpetuazione infinita della propria infanzia, privatosi volontariamente del proprio terreno di coltura, della vicinanza coi propri ricordi, di quei calci tirati a un Super Santos in una squallida piazzetta all'ombra di un Cristo benedicente – il rumore di quei calci, ci aveva pensato spesso, ricordava proprio la pulsazione di un cuore ascoltata allo stetoscopio –, lontano da tutto questo, Rino sarebbe finito. In qualche notte troppo buia e troppo fredda, di quelle in cui i tubi si rattrappiscono nei muri schioccando come serpenti isterici, rapito in sogni convulsi e irrequieti, Rino per sbaglio avrebbe tolto la sicura al Winchester, e poi, sempre per sbaglio, il dito gli sarebbe scivolato sul grilletto: un ultimo tuono avrebbe scosso le pareti del piccolo appartamento. Forse, se qualcuno avesse sentito lo sparo, se la polizia fosse arrivata in tempo, se pure l'ambulanza fosse arrivata in tempo, due mani avvolte nel lattice bianco avrebbero frugato nel suo portafoglio trovando il bigliettino con cui autorizzava l'espianto dei propri organi. Magari il suo cuore sarebbe finito nel petto di qualcun altro. Chissà di chi.

Anche per Giovanni e Giuseppe il terreno si era fatto sempre più arido. Forse ci avrebbero messo un po' di più a spegnersi, tenendosi compagnia l'un l'altro. Ma alla fine, con metodo, pazienza e disciplina, l'arsura avrebbe portato via anche loro.

E quindi fu per questo che quando entrambi gli amici, dopo una serie di chiacchiere inutili e goffe, gli porsero la propria mano, senza una ragione precisa, ma per tutte le ragioni del mondo, Rino la strinse.

Lo chalet Stella Maris era un casermone grigio e spigoloso, con i vetri blu e l'insegna scritta in corsivo, a lato di una strada desolata poco distante dallo sbocco dell'asse mediano. Al margine di quella bretella sfilacciata che collegava il centro di Napoli e la periferia nord, lo chalet sembrava un alveare malaticcio intorno a cui ronzavano decine di auto dalle tinte metallizzate e i cerchi larghi.

Rino, Giuseppe e Giovanni uscirono dallo chalet dopo essersi scolati, prima del famoso caffè, una buona manciata di birre. Giovanni era al centro, con la mano destra sulla spalla di Rino e la sinistra su quella di Giuseppe. Camminando nel parcheggio verso l'Audi con cui erano arrivati, spiccò un salto facendo leva sulle spalle degli altri due e finse un colpo di testa.

«Puoi tenere tutti i colpi che vuoi tu» guardò Rino con un ghigno di superiorità «ma chest'» si batté due volte la mano sulla fronte «chest"a tengo sul' io.»

«Sta ben'» fece Giuseppe. «Allora alla prossima partitella ti metti a scartare con la testa. Vediamo quanto si' brav'. Passaggi con la testa, punizioni con la testa. Pure 'o rigore ti voglio vedere tirare con la testa.»

«Ma statte zitto, sce'. Vi siete sempre mangiati la polvere.»

«Rinu', chist' 'o ver' sta facenn'» disse Giuseppe indicando Giovanni con un cenno della testa. «Deve pigliare un po' di paccheri. Domani, jamm' bell'. Domani partitella.»

«Quando vuoi» rispose Giovanni. Poi, aprendo lo sportello dell'auto, sibilò: «Quest'altro, poi... Real Casavatore... Io nun ce pozz' pensà.»

Giuseppe orientò la bocchetta dell'aria condizionata verso la sua faccia. Fuori, l'asfalto grigio e malandato risputava la calura asfissiante del giorno. Il caldo era insopportabile.

L'Audi di Giovanni avanzava lenta di fianco ai piloni della sopraelevata. Giuseppe guardò nel retrovisore la faccia di Rino, che sembrava riacquistare colorito. Le grosse occhiaie che gli scurivano il volto stavano sparendo poco alla volta, come se finalmente stesse riprendendosi da una lunga malattia. Giuseppe fissò Giovanni, che era alla guida, e si scambiarono un sorriso.

«Vieni con noi, Rinu'. Vieni a salutare 'o Puorc'. Sali sopra dai tuoi, ti...»

«No, guagliu', devo dormire.»

Rino avrebbe approfittato del resto di quella domenica afosa per sdraiarsi sul letto e dormire, dormire, dormire, per poi risvegliarsi come da un brutto sogno. Forse avrebbe anche sfilato il Winchester da sotto il cuscino. Lo avrebbe poggiato a terra, di fianco al letto, prima di infilarlo in qualche vecchio borsone.

«È vecchiariello» fece Giovanni. «Si è sforzato, mo' deve riposare.»

«Ha fatto pure gol» commentò Giuseppe.

«Esatto. Mo' domani lo vedi pure a lui sull'album delle figurine.»

«Giua', ma questi ce l'hanno con noi?»

Dietro di loro, una macchina della polizia li seguiva a poca distanza con il lampeggiante sul tetto acceso, pallido e smorto nella luce accecante del primo pomeriggio. Rino si voltò a guardare anche lui.

«Guagliu', state puliti?»

«E certo» fece Giovanni. «Nun tenimm' niente.»

«Tu cammina» disse Giuseppe. «Poi se è qualcosa ci fermiamo, se non...»

Stava per terminare la frase quando l'auto diede due colpi di sirena e dal finestrino del conducente una paletta fece segno di accostare.

«Mannaggia 'a culonna» sbottò Giovanni accostando lentamente ai piloni della sopraelevata. Batté una mano sul cruscotto. Avrebbero perso almeno mezz'ora in strada, con il sole cocente a battere sulle loro teste, dopo che i poliziotti, con il solito controllo via radio in centrale, avrebbero scoperto che sia lui che Giuseppe avevano piccoli precedenti penali. A quel punto li avrebbero trattenuti perquisendo l'auto, chiedendo il perché e il per come se ne andassero in giro e dove fossero diretti. Un rituale a cui un po' alla volta avevano fatto l'abitudine.

Dall'auto scesero con cautela due poliziotti. Si avvicinarono all'Audi e chiesero a Giovanni di abbassare il vetro, mostrandogli un tesserino. Giovanni lo abbassò, poi rimase a fissarli senza dire nulla.

«Documenti» disse allora uno dei due. «Patente, libretto di circolazione e documenti personali.

Avete precedenti?» chiese calandosi per guardare anche gli altri all'interno dell'auto.

«Io e lui» fece Giovanni, svogliato.

«Ah, bene» fece il poliziotto. «Scendete dalla macchina.»

«Ma cu sto caldo?»

«Forza, scendete.» Borbottando, scesero tutti e tre. «Mani sul tettuccio.»

«Eh?»

«Mani sul tettuccio, forza.»

«Ma non siamo armati, non teniamo niente in macchina, mo' perché sta…»

«Mani sul tettuccio! Muovetevi!»

Il collega sbottonò la fondina e poggiò la mano sul calcio della pistola. Giovanni rimase per qualche attimo a fissarli con aria di sfida, poi si diede per vinto, sospirò e poggiò le mani sul tettuccio dell'Audi. Gli altri fecero lo stesso. Il poliziotto fece un cenno con la testa al collega, che si avvicinò a Giovanni, prese un paio di manette e gliele strinse ai polsi.

«Ma veramente state facendo?» protestò lui. «Accussì, bell'e buon', pigliate e mettete le manette?»

«Pure agli altri» disse il poliziotto. Il collega fece lo stesso anche con Rino e Giuseppe.

«E adesso camminate.» Puntò il dito verso i piloni della sopraelevata, anneriti dal fumo e disseminati di giacigli vuoti, rifiuti, residui di falò e vecchie assi utilizzate per comporre mobili di fortuna.

«Camminiamo?» chiese Giuseppe. «Ma che...»

«Cammina, omm"e mmerda!» Il poliziotto gli affondò un calcio nella schiena. Giuseppe perse l'equilibrio e cadde in ginocchio sull'asfalto lacerandosi i pantaloni.

«Ci hanno fatto» sospirò Giovanni. «Sti bastardi ci hanno fatto.»

Non erano poliziotti. Sfilarono entrambi la pistola dalla fondina e la puntarono alla schiena dei ragazzi.

«Forza.»

Con loro, in macchina, c'era un terzo uomo. Raggiunse il gruppo con tutta calma, una sigaretta fra le labbra e un paio di Ray-Ban a goccia sul naso rosicchiato dalla cocaina.

«Ué, guagliu'» li salutò Tonino.

«Sta latrina» ringhiò Giuseppe. «Sta...»

Ma un rumore improvviso, una strisciata di pietrisco sull'asfalto, fece girare tutti.

Rino aveva cominciato a correre, come lanciato in un attacco verso la porta avversaria, con le mani legate dietro la schiena.

Giovanni iniziò a gridare: «Vai, vai, Rinu'! Va'!».

Anche Giuseppe si mise a urlare insieme a lui.

«Vai, Rinu', va'!»

Tonino voleva essere presente alla loro esecuzione. Da vero uomo d'onore. Probabilmente, se non fossero stati così uniti si sarebbe accontentato di *punire* soltanto Rino. Ma sapeva che gli altri due non avrebbero retto. Non se ne sarebbero rimasti zitti. Non stavolta. Non dopo aver già perso Dario.

E Rino correva con le mani legate, ondeggiando da un lato e dall'altro. Cadde, rotolò a terra, si rialzò e ricominciò a correre. Si voltò indietro, forse per capire quanto vicini fossero i suoi inseguitori. O forse si aspettava che sbucasse dal cielo un Super Santos, di vederlo descrivere un arco sopra la sua testa, e di lanciarsi in uno scatto verso il punto di tangenza, dove la gomma rossa avrebbe sfiorato la sua fronte come una benedizione, per l'ultima volta.

Sua moglie lo svegliò mentre si era appisolato sul divano. Il telegiornale trasmetteva le ultime notizie di cronaca.

«Era il tuo quartiere, no?»

Dario si riscosse e si mise seduto. Si stropicciò le mani sul volto, mezzo accecato dalla luce della TV.

«Tre di loro. Ammazzati così, a sangue freddo. Quando vedo ste cose non riesco a credere che siamo in Italia.»

Vivevano a Latina. Dario si era allontanato dal quartiere, poi dalla città, poi dalla regione. Ma non passava giorno in cui non pensasse a quel periodo felice e disgraziato della sua vita, ai volti sudati di Rino, Giuseppe, Giovanni, ai loro sogni trascinati a terra dalla gravità terrestre, che in certi luoghi è più severa che in altri.

La testa di Dario oscillò impercettibilmente. Poi cascò fra le sue mani.

«Li conoscevi?» Dario era piegato su sé stesso come un fiore appassito e morente.

«Erano miei amici.»

Rino fu trovato con i denti rotti. Aveva tentato di mordere la canna della Beretta che gli avevano infilato in bocca. Giovanni e Giuseppe erano invece riversi faccia a terra, un unico colpo dietro la nuca, come nella più pulita delle esecuzioni.

Dario passò la notte con gli occhi puntati al soffitto. Il mattino dopo, salì sul primo treno per Napoli.

La piazza era completamente cambiata. I muretti erano crollati a pezzi, distrutti a picconate da quelli del rione che non volevano gente assiepata a guardare le partite. I portici erano attraversati da tramezzi abusivi, casupole e fortini abbattuti e ricostruiti. Tutto, adesso, era funzionale allo stoccaggio e allo spaccio. Le palazzine dell'area nord sacrificavano la propria architettura a beneficio del business, inondavano mezza Europa con fiumi di cocaina ed eroina. La droga migliore ai prezzi migliori.

Nel caseggiato, nessuno lo riconobbe. Tre ragazzini stavano calciando un pallone mezzo sgonfio davanti all'enorme statua di Gesù, senza capire bene che farsene di quella mattinata sobria e silenziosa, se tentare una sfida o palleggiare e basta.

Dario sfilò un Super Santos gonfio e luccicante dallo zaino. Lo sollevò con entrambe le mani, come un prete con l'ostensorio.

Una donna stava sporta al balcone e fissava i ragazzi con sguardo cupo. Quando lo vide arrivare, alzò una mano per proteggersi gli occhi dalla luce del sole. Si scambiarono uno sguardo. Dario non capì di chi si trattasse, era passato troppo tempo. Lei invece lo capì benissimo. Le risuonò in testa una frase soltanto: «A me questa cosa non mi piace». Poi rivide suo figlio, il suo figlioletto con i capelli lunghi che faceva di tutto per assomigliare a Careca.

«Guagliu', due tiri? Così siamo in quattro.»

I ragazzini si guardarono stupiti. In ogni altra occasione gli avrebbero riso in faccia a quel tizio più grande, con gli occhiali sul naso e l'aria da fesso. Però il tizio aveva tra le mani un Super Santos nuovo di zecca. Un vero Super Santos.

Dario calciò il pallone contro il muretto dove, con qualche blanda traccia di vernice, era ancora segnata la porta. Avrebbero giocato due contro due, senza portieri.

«All'americana» proposero loro.

«All'americana» rispose Dario. Mise un piede sul pallone e restò immobile a fissare il vuoto.

«E jamm'» fece il suo giovane compagno di squadra. «Ci muoviamo o no?»

La donna affacciata al balcone si asciugò le

guance. Nella sua mente sfilava la famiglia di Dario, a capo chino, piena di vergogna, verso la propria salvezza.

Stampato presso Elcograf S.p.A.
Stabilimento di Cles